花豹與
白兔

天涯的她方

蔡怡 著

時報出版

目次
content

天涯的她方——花豹與白兔的叢林

鍾文音

和蔡怡認識起緣於彼岸的三毛文學獎，她是第一屆三毛文學獎大獎得主之一，也因爲她的介紹，我才得知這個獎項，也因此繼她之後獲得了第二屆三毛文學獎首獎。我們雙雙獲邀參加頒獎與論壇，在美麗的浙江定海，結下了文學緣，我也因此了解了蔡怡的其人其事。

她是一個心靈豐足且溫暖和煦的人，永遠看起來是那般的青春洋溢，可說是不老的長輩，而她也是寫小說這行當的新手。這新手卻是生活的老手，緣於前半生的歷練已經非常足夠，因此她一出手就讓我覺得很有力道，她寫出了臺美斷交年代的留學生活，臺灣曾經流行的標語年代：來來來，來臺大；去去去，去美國。

寫出一個年輕女性掙扎於餐桌與書桌、故里與他方、母語與異語、婚姻與職場、幻滅與成長的故事，描述女兒在自己當了母親之後，回憶起母親的片段，更是眞誠而動人。

在今天小說技藝繁花似錦的實驗戰場年代，看到文字優雅且故事特別眞誠的小說，讓我感到小說又回到了本格時代，具有傳統魅力卻又能出格於傳統侷限。

《花豹與白兔》這本小說寫於蔡怡自己人生的晚景，頗有似水年華的回憶之感，雖說是一本回憶的小說，但毋寧更是女性的成長小說。

在那個臺灣還戒嚴的年代，他方是遙遠的，她方更是困難的。當時的臺灣女作家尚未大量崛起，因此蔡怡自己在讀書年代也還沒受到各種臺灣當代女作家小說的啓蒙，可以想像她的文學基本上是扎根於現實的親情愛情，對知識的汲取如海綿吸水般永不停歇。小說的女主角幾乎就是蔡怡年輕年代的濃縮，見證一個消失年代的重返，且她寫出了舊時代挫傷的過程，凝結出小說最後的感悟力量。

就如這本小說的名字：花豹與白兔，勇猛銳利與無辜天眞都是女人的一體兩面，猶如智慧與慈悲，必須投入如火焰般的人生，才能從中蛻變重生，從歷練中成長。於是在野外叢林裡，白兔也可以跳躍成花豹，而即使囚困家宅的花豹也能溫柔低下如白兔。

蔡怡以兩對留學生的不同命運，以平行時空的主線與副線敘述，寫出遊走徘徊兩難的兩個女生，描寫小確幸的生活裡，隱藏的絲絲纏繞與淚水，最後如何逃脫密室，從而面對了眞我。

這個年代的女性是自由的，且也多具有高等教育的背景，也許很難理解舊時代女性的掙扎，因此閱讀《花豹與白兔》，必須還原七〇年代才能理解爲何一個受過高等教育（且還是留美）的女人所陷入的困境，且還得理解這個女人成長的家庭背景（有精神憂鬱的母親），如此方能進入小說的語境，理解蔡怡的企圖。

小說企圖寫出一個在新舊交接的留美女生「不安於室」、不甘於只是在丈夫的翅膀陰影下吐息，她有理想，她有渴望，她想打贏人生這場征戰，奪回發語權與成爲家庭與職場的勝利組，而這些都是需要漫長的改變與付出的。

快樂不會憑空而來，幸福也需有悲傷的注入才能成爲眞正的幸福。

於是小說將成長的這一步路所流下的淚水與孤寂、誤解與爭吵，婆媳與丈夫之間的夾殺，當了母親卻又想繼續攻讀學位的諸此種種，蔡怡以其歷練將小說的心理狀態寫到了骨髓，小說更優美的部分是藉由蔡怡的描述，我們看到了多重消失的心理與地理空間，那些玉米田綿延的地景，那些埋針藏線的美國種族歧視，小說有著深深對資本主義的反思，對家庭生活的理想日常建構，對華人於白人社會的處境……賦予放大的凝視，再從中咀嚼理解，寫出一本作者浸淫生活過的小說。

於是，雖然小說設定的時間是如此早，但由於現在臺灣的處境依然，使得這本小說給閱讀者反而有了一種回顧的新視野，寫出淡淡的（內在卻多重恐慌）留學生生活的日常，看他們的小哀小歡，看他們如何互相取暖，即使只是看一場電影或者只是小小的出遊就高興到雀躍的往昔。

蔡怡筆下的女生帶著原生與新生家庭的多重困境：成長時期母親的暗黑影響、知識女菁英走入家庭的城堡幻滅、留學生面對異鄉的異樣眼光……這讓我聯想到早年臺灣異鄉女作家比如於梨華、聶華苓等作者。美國作爲一個巨大的異體，如何承載島國臺灣這個母體。而女作家又如何以女身這個壯闊母體孕育出新生命與自我的雙重成長。

這本小說和我年輕時閱讀的八〇年代女作家筆下的故事絕然不同，我年輕時閱讀的女作家蓬勃於八〇年代末與九〇初期大興的城市資本主義，當時臺灣經濟繁榮，彷彿盛世。高度城市化，滋養了女作家寫出了愛情的敗德與時尚的潮流。蘇偉貞的《紅顏已老》與朱天文《世紀末的華麗》是箇中翹楚。所以我們可以想像那時候的蔡怡應該是生活在他方，使得她的文學夢擱淺，書寫停格，也因家庭與職業使然，她很晚很晚才寫作，幾乎可以說是冬天型的作者，但這也給出了啓示：必須先有生活才能有故事，想提筆寫作是永遠都不嫌晚的。

畢竟她是臺大中文系的高材生，她有夢，不管年紀多大，她聆聽午夜夢迴不斷敲她的心門，有如召喚她寫出來，寫下這一切，淚水是洗滌，也是挖掘自我的起點。

於是我覺得蔡怡的文氣與語境反而接續了更上上代的女作家，比如廖輝英或者蕭麗紅的光譜，舊時代的女性面對新生活洶洶來襲的生活變化與心理起伏。藉由流暢而叩問本心的寫實筆觸，她攤開婚姻的異鄉日常，眞誠解剖各種難題的生活細節，將舊時代的女性賦予出新的當代凝視，成長永遠不過時。

這是蔡怡第一次出版小說，之前她的散文書《烤神仙》，以其凝鍊深情之筆寫父親，讀來十分動容。這回她把筆墨流向年輕的女性，小說核心幾乎是所有女人在茲念茲的心靈港灣：家庭，由逃家（逃離母親的心鎖）到成家（陷入另一個枷鎖），最後雙雙解套，心鎖與枷鎖頓除頓斷，這個投入家庭與異鄉烈火的女人，最終昂揚挺胸，行過自己的夢土，鎔鑄出智慧之劍。

於是過去的束縛藉著省思與尋求改變，最後有可能成為往後幸福生活的餽贈。重點在於願不願意改變，願不願意面對。

這就是這本小說最有力量之處。但小說畢竟不是散文，於是蔡怡以耐性之筆，藉著各種細節，帶出爭執與孤寂的狀態，緩緩寫出成長的各種切片與心理空間。

如今的當代，家庭分崩離析，如冰山築屋的宅年代，閱讀老派的小說卻反而覺得有意思，因為我們對幸福的渴望是永遠不變的，尤其頓失所依的我們，誰不想回家時有家的滿滿飄香味道呢。

女兒、妻子和母親，蔡怡寫出了不同時空（早期臺灣與早期留美學生，和香港男子結婚的種種）女性成長史。沒有母親關愛的女兒與沒有母土的異鄉人，家成了真正的庇護所，因此這個庇護所容不得爭吵與裂縫。這個裂縫，就是蔡怡小說下刀的切口，看似縫，卻可能稍一不慎而成為溝，使人跌入而受傷。

天涯海角，何處是「家」？受苦的女人有福了，以其眞誠，以其面對，以其認眞……從而在荒漠或酷寒異鄉大地開出花朵。只要灌注愛，只要根猶在，只要還有夢，只要看著遠方那召喚心靈的微火，那麼縱使枝葉凋零，也終會隨著四季流轉，再次芳香枝頭，綻放屬於自己的盛世。

張愛玲寫出女人的兩款花：白玫瑰與紅玫瑰，但其實女人不是片面被單一切割的，她可能有時候是白玫瑰，有時候是紅玫瑰，或者白紅玫瑰同時的混合體與變形。蔡怡以花豹與白兔，隱喻女人個性與成長的變化兩極，但我以為小說最好的部分是寫出女人通過時間幻化，進而體認到自己是花豹與白兔一體兩面的眞誠性。

在叢林裡要如花豹，但在家籠裡要如白兔，放錯位置與調錯姿態都可能誤己一生呢。至於何時該強大，何時要低下，這完全來自於個人的歷練與觀察，理解與調適。如此，外境也不是外境，外境是心的磨刀石。

我們都是花豹與白兔，需要叢林野放，也渴望家園安頓。

於是，我們閱讀蔡怡。

謝謝她寫出一個我未曾趕赴的年代與我不曾進入的婚姻世界。

化己身為女身

吳鈞堯

《花豹與白兔》是蔡怡的「集小成」之作。

何以是小成？蔡怡仍處於寫作高峰，《烤神仙》、《忘了我是誰》佳作連連，享譽華人社會，後頭必然還有更隆重的造山運動，「集小成」是因爲「集大成」這事，是蔡怡、是寫作者，對自己的永遠督促；再一層意思是，《花豹與白兔》以小處寫大處，好比喝燉湯，讓人愈喝愈口順，掩卷，暢快這人生滋味；而燉湯這事大家都知道，必須慢火、必須小火。

故事主角張立群、陳若梅，讓我想起愛情文藝片極盛時期的「二秦、二林」。立群、若梅，容貌與秦祥林、秦漢，林鳳嬌、林青霞等對比毫不遜色，而男女主角舞會中一舞定情，若梅臺大畢業後奔赴美國，劇情浪漫美麗，不輸任何一齣瓊瑤。不同的是電影中的愛情故事，劇終常見男女主角攜手走上康莊大道，然而，再往前走呢？會遇見夏天豔豔？會看見崖斷如凜冬嗎？

這一切餘味，只留給觀影人帶回去省思，或者連思也不必了，那不過是一齣電影，與眞實人生無關。

蔡怡巧妙地完成螢幕以後的足跡，男女主角呢？什麼樣的藏寶圖等待劃開？哪款人生滋味會隨著兩人世界的締結，而深刻開展？

連番叩問以生活的細碎情節爲疊合，且一一析解。婚後，若梅有了大姑，大姑與女兒的互動讓若梅重新審思她不善的母女關係。一個家事懶散、經常說痛談病的母親，原來不被若梅諒解，「母親敷衍出來的飯菜，吃起來總有三分無奈的苦澀」，而今爲公婆料理、爲家人烹飪，才能體會嫁到遠方了，方感到母親與家的靠近。

母女關係是若梅進入婚姻以後，首先共感的同理心，爲人妻爲人母，若梅更懂母親。母親爲寶寶添購衣裳、製作漆上金漆的「攬翠小築」，寄到美國給女兒當賀禮。爲人子女時親情糾結多，嫁爲人婦後，煙硝不再，和平降臨，我熟記高中時有次回家，聽聞廚房有炒菜聲，還不到父母歸來的時間，一看，竟是挺著身孕的三姐。她的少女時代除了叛逆還是叛逆，而今乖順地移近仄礙的廚房，爲晚歸的家人作飯菜。

《花豹與白兔》的移動感特別強，在於它的角色移位，讓人的思維有了不同角度。以故事結構看，小說以新婚夫妻爲軸，婚姻締結後，親戚、朋友增加了，要與不要生孩子對於家庭、工作都是新的選擇，夫該讓、妻該退？一個更深密的訊息是女性在這些移位之間，如何衡量與自處？

常說，只有女人解女人，我則存疑。唯有過來人且心存慈悲，才能化己身爲千千萬萬女身，疼痛也好折騰也罷，沒有關懷爲線，便難以繪製成稿紙，連一個發語詞都難寫。從《烤神仙》到《花豹與白兔》，蔡怡寫女性的成長史，前者散文抒發，從小學、中學、高中、大學以及組織家庭；後者進一步構造，審思多數女人的身分移轉，爲人妻、當人媳、做人母，蔡怡果敢提出女人不是生產工具、更不是社交外出好看的擺飾。

若梅成爲新嫁婦後，向來頤指氣使的公婆入住她家，乖巧的若梅配合媳婦這身分，軟化了，勤於精進廚藝，蔡怡寫得有趣又到位，「有了一次的軟化，就會有兩次的好心，三次的妥協」，這是若梅的「白兔」時期，不表態就是失去立場，於是放棄研習博士學位，連跟立群的相處都像躲防空洞，在公婆的狹縫中相處，甜蜜的兩人世界已遠，遞換上四人戰場，孩子報到後，形同五路聯軍，而妻子、媳婦、媽媽，也就是若梅，成爲唯一的依靠；若梅給別人靠著，自己又能靠著什麼？

讀到若梅的反擊，撫掌稱快，「怎麼，伺候完了晚飯，還都要我來收桌子、洗碗」。這是若梅的「花豹」時代。一場惡鬥以後，公婆移居他處，這又新奇了，住遠的家人反倒感情融洽，逛遊樂場、遠地旅遊，才把家人關係活得更像家人，蔡怡透過此檢討與暗示，家人的和睦之道。只是此道未必人人暢通，書中配角柏南與素貞夫妻，對於婚姻、生育與家庭責任等，又是另一種因應。

家，是若梅移位的場合，有情慾場、煉獄場、幻滅場等，都成爲練功房，這個核心在小說愈往收尾時，提問愈犀利，立群習慣爲妻子夾菜，「近來她寧可自己決定吃什菜，何時夾菜」；立群給她驚喜禮物，「對自己的禮物我一點選擇權都沒有嗎」；若梅寧願一毛不拔，因爲「收入的多少決定婚姻中的話語權」。兔與豹，草本與肉食，但也曾聽聞，兔子被逼急了、在嚴峻環境下也會肉食。一個衝突性書名，隱藏著女人心事，若梅幫天下女人發聲。

《花豹與白兔》故事發生於海外，有一條小副線是海外留學生的生活奮鬥史、白人怎麼看待東方人，日本、韓國，乃至於同文同種的大陸人、香港人等，雖然都是華裔，但在人生的競技場，卻處在微妙的競合關係上。

《花豹與白兔》在若梅的移位之間，闡述了女人與生活、愛情、家人、後裔的各式面對，它們看似事小，忍一下就過去了，蔡怡必然忍過、或者聽聞過那些遭遇，選擇不去翻揀，但覺醒的時候一到，千軍萬馬都無法攬住她的書寫、她的千言萬語，所以我能在字裡行間、在緊密堆疊的敘述中，看到非寫不可的霸氣，也正是這股氣使、志開，更能感受她發出的、正視女人自在自處的呼籲，而小說的開闔之間，常是安靜棲息於上，所以在流暢感人的情節之外，我們還能讀到人生的詩意，比如這句，「憂鬱不是一首短詩，是無眠的夜」。

「集小成」當然戲言了，在化己身爲女身的征途上，蔡怡有了一次豐收。

自序

秋天的絢麗多彩，無論是季節或是人生，都燦爛而短暫，接著就是灰暗濕冷的冬天了。人在冬季要特意把紅色的喜，亮麗的金穿戴在身上，為自己的人生路打光照亮。寫作好像也有這種打光的力量。

父母遠去的時候我萬分不捨，於是我寫作，寫他們的故事，《繽紛歲月》、《烤神仙》、《忘了我是誰》，都是在這樣的心境下寫出來的。結果他們就活在我的筆下，活在我的心裡。這來來回回十六年的筆耕，不僅補綴了一九四九年他們跨海而來的流離，寫下他們在臺灣的人生，更療癒了我受傷的心靈。以前我曾有許多過不去的溝壑，終於重新跨過，然後放下了，釋懷了。

路寒袖老師曾在《烤神仙》的推薦序中提醒我，寫完父母的故事後，該把頻率喇叭對準自己，書寫蔡怡之歌。

於是我開始寫不一樣的故事。

於梨華在一九六七年出版《又見棕櫚，又見棕櫚》，寫六〇年代臺灣留學生在美國孤寂苦悶又迷惘的日子，是留學生文學經典。《花豹與白兔》寫的是一九七五至一九八五年代留學生在美國的婚姻與愛情，寫年輕新移民在異國天涯，成家立業，相濡以沫的故事。年代比於梨華寫的小說晚了十五年，或許主人翁們在社會經濟的情況比《又見棕櫚，又見棕櫚》的年代好了一些，但他們一樣要忍受貧窮、苦讀，要承受種族歧視，要做端盤子、跑堂的侍應生；他們依然要日日咀嚼寂寞，過著和社會完全脫節的日子。

此書著墨於女姓，寫她們走出原生家庭，從單純少女，兩人世界，到添了孩子，多了公婆，在異地重組另一個家庭，是另一種移民人生，是移民中的再移民，個中滋味，一言難盡。她們的人生轉彎，先離根再紮根，舞臺由熟悉的家鄉轉到無親無故又失根的陌生美國，好像由恬靜的小溪，進入大江大海，有寬闊豐富，更有驚濤駭浪；有成長茁壯、更有挫折失落。他們由靜謐田野誤入叢林，由單純白兔轉變成隨時可傷人的花豹。這一段人生跌倒又爬起的歷練，不是件單純喜事，也不能用成長二字來涵蓋表達。這個過程是轉變當然就有代價，有創傷就不再純情，女性懂得自我覺醒，爭取自由，就要能堅強獨立，就不再天眞浪漫。最後她們緩緩開展花瓣時，花語絕不只是美麗，而是多元流動的生命之泉。

人生時時刻刻在做選擇，什麼才是正確的選擇，在選擇當下很難判斷，但如果對自己的選擇認眞付出，讓它通向美好，就算是勝利人生吧。

許多人曾經懊惱自己沒有達成年輕時的夢想，但或許人生沒有走在少不更事時所計畫的春秋大道，並不是件壞事，走在彎彎曲曲的叢林小徑上，沿途風景可能更美。一條側路會有更多的新奇、驚險與趣味。口渴時就取一瓢生甘泉來飲，每個轉彎處的滋味都會不同，嚐盡百味，生命才更豐富。你要怎麼選？由你自己決定吧。《花豹與白兔》就是在講這樣的人生歷練與領悟。

我離開職場以後開始寫作，轉眼間十六個年頭過去，我發現原來閱讀寫作讓人性靈充盈，雖遠離人群卻活得恬靜自在。人要能安靜面對自己才是最大的福分。尤其這二〇二〇疫情猖獗的庚子年，外面風風火火，但寫作的人靜坐家中，日子是海闊天空般豐沛恬美。

世事多變化，人生多歧路，我很想學孔夫子的不知老之將至，但各種殘酷的挑戰張牙舞爪地襲來，所以我學會知老，服老，惜老，更珍視當下人生。以後不再出書也將了無遺憾了。當年出版《繽紛歲月》時，只不過想把幾個人生故事記錄下來。今天的成績已經超過我當年的心願！

深深感謝時報文化出版公司的信任，三度出版我的作品，多年前結緣的是前總編李采洪女士，她大膽出版我這素人的《烤神仙》，讓我從此與時報文化出版公司結下良緣。現在續緣的總編是胡金倫先生，感謝他繼續給我機會，成爲寫作路上另一雙推手。過往我都寫散文，這一次我嘗試寫小說，發現寫小說雖難度高、技巧多，但可虛構，可編造，無我卻又有我，自由發揮，有趣多了。有人說人生像一列火車轟轟往前開，無法回頭，無法更正，無法彌補。但在小說世界裡什麼都可以，這是寫小說最可貴的地方。

特別感謝李主編國祥，他每次用心把我的書做最好的校正、編輯與包裝、行銷，讓它得以獨特面貌亮麗登場。

感謝小說家、散文家鍾文音、吳鈞堯兩位老師願意爲我寫推薦序，在此深深一鞠躬。他們的指導與肯定讓我有勇氣將此書呈獻在讀者面前。感謝集編劇、教授、作家於一身的劉中薇老師爲我聯名推薦。最後感謝我的先生李誌德，他提供我無後顧之憂的環境，他配合我「女人要有自己的房間」的爭取，全力支持我的創作。而他才是個最會講故事的人，尤其擅長講笑話，我是他所有故事與笑話的當然聽眾。他又有繪畫天分，大海、天空都是他揮灑的最佳空間，《忘了我是誰》一書中的插畫都是他的佳作。

佛經說要修得無所住、無所入之心，人生一切皆虛幻，放下吧。但我或許入世太深，覺得凡走過必留下痕跡，人生最後所有的虛幻都曾經是眞眞實實的存在。該留下的，就讓它留下吧！

第一章　迷走叢林

時序的腳步跨過行事曆上四月最後的格子，威斯康辛的氣候才算正式褪掉料峭春寒的冷冽，逐漸開始回暖。天空像擰得出水的純淨白藍，大地終於消融殆盡層層覆蓋的積雪，露出了草地。春尚未歸，但春華已開上了心頭。郊區附近的水泥大道，如棋盤上等距相互交叉的整齊線條，形成一個又一個的十字架。沿著棋盤線條前行的車子，似棋子般，或左轉、或右轉，或直行，就像大多數人的人生，目標都擺在眼前，一目了然。

這些大道旁，偶然岔出一些彎曲小徑，蜿蜒自在若流水，流過山邊，繞過小湖，在幽暗樹林中若隱若現，神祕消失許久，卻又在眾人意想不到的空曠處閃亮出現，訴說著它一路的奇幻風景。有些人的人生是走在這樣的側路上，曲曲折折，別人一時看不出他們的方向、目標。或許，他們自己也不那麼在意。

在十號公路快速車流裡，一個三十出頭的東方女子若梅，正駕駛一輛銀色雙門別克轎車，剛下班。密閉車窗隔開了外頭的車聲、噪音，但她車內收音機播放的是更大的「噪音」，重金屬搖滾教父 Ozzy Osborne 的專輯 *The Blizzard of Ozzy*。若梅在中學時就愛上了和她當時冷漠外表最不搭的熱門音樂。她在震耳欲聾的鼓點與電吉他喧鬧中，聽到的是歌者的孤寂與傷痛，她心靈得到被撫慰的溫柔。有次她躲在自家後院的芭樂樹下，偷聽小收音機裡的熱門音樂時，被大她一歲的哥哥發現，曾大大驚訝地搖著她的手臂說：「你是好學生，怎麼會聽這種瘋子的吼叫！」好像聽重金屬搖滾是犯了多大的錯誤。其實她也很喜愛一般好學生會聽的古典音樂，到底她學了許多年的鋼琴。然而婚後聽自己的愛好都只能在她獨處的時候。若梅清楚記得，結婚初期，家中沒有任何家電，只有一臺手提收音機。她一人在家時會讓布拉姆斯、貝多芬或華格納陪她一起K書。但她後來發現，只要立群一回家，會很自然地將她正在收聽的古典音樂臺轉到輕音樂頻道，從來不會跟她照會。從此若梅在立群快到家時，會自動將收音機轉到輕音樂臺，因爲她不喜歡被別人掌控，寧可主動遷就。

孩子進幼兒園後，若梅在家聽的唱片，都是圖書館借來的鵝媽媽童謠或美國兒歌，什麼"Hickory Dickory Dock"，"Baa Baa Black Sheep"，"Baby Bumble Bee"，她都朗朗上口。若梅本來最注重小傑的母語中文學習，就怕她成了一個純粹小外。所以在家中她和立群對小傑只講中文、包括粵語，從不用英文。直到孩子三歲進了幼兒園出了點狀況，若梅才因應環境做了調整。

小傑非常熱愛學習，但奇怪才去一個禮拜，他就被導師抱怨不聽話。若梅不相信，她第二天親自留在教室門外偷偷觀察。果然老師教小朋友做東，小傑做西，還笑嘻嘻地帶領隔壁同學跟著他的錯誤示範呢。若梅仔細評估，啊，原來小傑聽不懂老師那流暢的英語指令。下課後若梅向老師請教當日的教材內容，回家再重複教學。當導師 Mrs. Brown 得悉小傑的生活環境完全以中文爲主時，很生氣地質問若梅：

「你們既然選擇住在美國，當然以英文爲主，爲何要孩子學中文，學中文有什麼用處？你這是干擾孩子的學習！」

若梅一聽更生氣，幼兒園老師簡直干擾到若梅的家庭教育了。但爲了小傑，她可不敢發火，只把自己的教育碩士學位給抬了出來，引用數據，柔聲跟老師解釋，她相信幼兒有能力同時應付兩種語言，看看歐洲人能說好幾種語言就是明證。「哪像美國人就只會講一種語言，叫做英文。」當然這最後一句話若梅放在心裡，可沒說出口。只是從此以後，若梅又多了一項工作，去圖書館借各種幼兒語音教材，讓家中除了中文外，增加一些英語的環境，小傑跟著若梅一起唱英文兒歌、數來寶、聽英文小故事。果然，在若梅的用心、用力及小傑的天聰、配合，一兩個月後，小傑在班上的學習沒有問題了。若梅如此用心防患於未然，是因爲她知道孩子在最初的上學經驗，會影響孩子後來的學習，她不能讓小傑排斥學校。

打著方向盤，交換踏踩油門與剎車，爲了爭取時間，若梅在幾條線道切出切入，敏捷機靈像一頭追捕獵物的花豹。下了快速道後，她熟稔地穿梭於靜謐社區，向小學兒子放學的路駛去。

兩行蓊鬱的樹景在路旁層層堆疊，杉柏高處孤立，像舉高的手心，銀楓茂密交織，如層層心事，但最油亮者莫過於經漫長冬雪覆蓋，幾度春風吹拂，又回過神來的草坪。幾戶人家的草坪清楚留著推草機剛推過的條條痕跡，在空氣裡散發讓人鼻息爲之一振的青草味，一種什麼即將開始，什麼已經結束的味道。多年前，若梅在自家公寓裡抬頭，映在眼底的也是一片油綠草坪，只是多了別人移動的腳步。那是她和丈夫立群窩居的地下室，留了三尺寬好接收外面的陽光，還有他們當時的惶然。彼時，若梅是哪裡都去不了的溫馴兔子，世界只在方寸之間。

若梅到達兒子的學校，已有多輛黃色校車按社區編號泊在停車場，像她一樣在安靜地等待接人。

因爲安靜，若梅腦海瞬時湧起剛才在高中教室，輔導大陸新移民學生的畫面。男的、女的，他們眼神都像兔子，朝她微笑，難道他們認出她曾經也是一隻兔子？不會吧，她已經進化成花豹很久了。她挑起眉毛，中英並用，情緒發燙，激動地講解高中英文必讀的小說。

若梅是當地市政府聘任的雙語教師，專門輔導市區裡從小學到高三所有公立學校裡需要輔導的華人學生。他們多半是來美國不到兩年的新移民，因爲語言障礙，聽不懂老師教學而造成學習障礙，無論英文、歷史、幾何、物理都嚴重落後，要靠若梅先用中文翻譯，好讓他們了解學習內容，跟上學程進度。若梅住的學區共有三所小學、兩所中學，三所高中，需要她輔導的學生因年齡不同分散在不同的校園裡。若梅在學期之初就預先排好學生的schedule，然後按表操課，輪流去不同學校，輔導不同學生的不同學科。她最喜歡教中學或高中的英文課，因爲學生的教材都是長篇或短篇小說，若梅可趁機閱讀英文名著，對她是教學相長，也是種享受。

若梅今天在課堂上用的是十年級學生的英文教科書 *To Kill a Mocking Bird*。她快速的讓新移民進入故事發生的背景，一九五〇年代，美國南方的阿拉巴馬州，一個種族歧視非常嚴重，黑人從未被公平對待過的地方。作者根據美國一宗眞實案件而寫，得到普立茲文學獎。故事描寫在「黑白分明」的社會，白人黑人上不同的學校，坐不同的公車，去不同的教堂。一位代表道德良心的白人律師，不畏輿論壓力，替無辜的黑人作辯護律師。他在白色天地揭發陰暗汙垢，在黑色世界凸顯人性光明。這是美國社會的眞實風景，另一種版本的進化故事。

「我要先忠於自己才能隨順大眾。一個人的良知不需要遵從少數服從多數的原則。」這是白人律師對他的七歲小女兒說的一句話。若梅第一次聽到這句話時，她也才十四歲，是臺灣南部一個小鎮裡的初二學生。

某天同班同學在班上大聲宣傳，葛雷哥萊・畢克主演的電影，來小鎮上演了。畢克雖不特別英俊，但他氣質高雅，有別於一般明星，是若梅與多位女生的銀幕偶像。放學後，若梅約一位好友去小鎮的大戲院看，電影叫做《梅岡城故事》。

電影導演用一個小女孩的視角，看她鎮上發生的大事。以溫暖語調敘述無知仇恨與種族歧視帶來的殘忍暴力。當年的若梅看完這部電影，內心如浪潮般洶湧，難以平息。她特地去學校圖書館借閱《湯姆叔叔的小屋》，一本啓發林肯總統南北戰爭的小說，他解放黑奴才讓美國人免於繼續墜落於罪惡的深淵。若梅從來不知道大家崇拜的基督文明美國，竟然有這些不文明的歷史。那時讀初二的若梅當然不曾想過十年後她會到美國來留學，會在美國圖書館無意間發現一本小說，叫做 *To Kill a Mocking Bird*（殺了一隻反舌鳥），她好奇地翻開來讀，竟然就是她念念不忘的電影《梅岡城故事》的原著。更沒想到再過幾年，她工作上被指定使用的高中英文教材，竟然又是這本書。

「我要先忠於自己才能隨順大眾。一個人的良知不需要遵從少數服從多數的原則。」今天在課堂上，若梅情緒昂揚，兩眼發光，閃爍著強烈感染的熱情，對著中國廣東台山鄉下來的幾個高中生，反覆地說這句話。若梅人生中一再巧遇這同樣的故事，她還不知冥冥中上蒼要給她什麼樣的功課與使命，但她現在先急著把人類無論貧、富、貴、賤與種族、膚色都應生而平等的大同觀念，灌輸給剛來到的新移民。美國表面是天堂，強調平等，骨子裡可不是這麼一回事，種族歧視得厲害，想存活下來，全得靠自己力爭上游。

美國中小學校都配有校車接送學童回家，用不著若梅下班急著來接兒子，但小傑從小被她全職悉心照顧，宛若她心頭一塊剛烤過還散著餘溫的棉花糖，縷縷牽絲，又甜又黏地繞在她心頭，讓她心甘情願地來回接送。

放學鐘聲響起，學校前後門飛奔出大大小小、高矮不一的學生，極大多數是白人，黃面孔少之又少，所以若梅遠遠就看見兒子小傑，留著黑色貝比頭，一手拿午餐盒、運動帽，另一隻手上的夾克快掉到地面絆倒他；他鞋帶鬆了，也不自覺，正散漫地走在群眾最後。小傑不愛搭校車，說校車像動物園，有老虎，獅子，他害怕。如同他不愛搶玩具、搶餅乾、或搶任何東西，他喜歡自在走自己的節奏；反觀其他「小外」一面喊著、嚷著、三步併兩步，急匆匆地看準編號，跳上自己的校車。他們個個如老虎、花豹，而小傑絕對是白兔，不知這是否跟他是兔年出生有關。

沒多久，所有校車滿載狂野小動物的喧譁聲，揚塵而去。若梅知道敏感又內斂的兒子，是老外眼中典型的東方小孩，愛閱讀兒童小百科，五、六歲就坐得住，學鋼琴，不喜歡打球、不喜歡跑跳，不屬於多數白人花豹後裔的世界，若梅只得讓他在愛的堡壘裡再躲幾年，畢竟媽媽轎車內圈住的溫暖世界，不用競爭，不用拚鬥，只有他最熟悉且安心的味道。若梅曾想改造這東方孩子，就像她受孕初期的白人男性醫師所說：「我想改造東方人的體質，你試試看盡量多喝牛奶，多吃乳類製品，或許會生出個壯碩的嬰兒？」不知是否真的改造成功，但若梅確實生出壯碩的嬰兒。接著照顧小傑的小兒科醫師也想持續改造計畫，遊說立群與若梅：「如果你們經濟負擔得起，就多給嬰兒喝配方奶，一般嬰兒只喝到六個月，你們讓小傑喝一年吧？」結果小傑還真的持續壯碩，一直比他的同齡美國同學大。於是若梅遐想，或許她也可以及早改變孩子的個性？美國家長一般只重孩子的運動與社交，不重學習，所以當若梅發現美國小學一年級就有迷你ＮＢＡ籃球隊，她興奮地幫兒子報名，也努力地把興奮演給小傑看，要感染孩子。小傑從小黏媽媽，一切聽媽媽的絕不會錯，開開心心地去參加籃球隊。

迷你ＮＢＡ有制服、有球帽、有團體合照，每週有模有樣地在室內球場練球一次，所有的球員家長都在現場觀看，加油打氣。（其實家長也算被迫參加，因爲校車不負責這些課外活動，孩子未滿十六歲不能開車，一切靠家長或鄰居媽媽開車接送。）若梅看了幾次，發現當籃球一傳到小傑手上，他會秒內外傳，好像球非常燙手，或是長滿了刺，扎他的手。甚至身邊無人時，他也照樣把球急丟出去。若梅這才認眞體會到，有些基因她改造不了，小傑不屬於運動場。

若梅將汽車緩緩駛入車庫停好，牽起兒子肥嘟嘟的小手，由車庫越過起居室，直接進入光線明亮的廚房。拉開落地窗簾，窗外散置石燈、卵石、細沙與矮榕的庭園，像一幅東方潑墨畫，裱在窗框上，鋪陳出女主人對臺灣家鄉的懷想與品味；餐桌上有花瓶，插著若梅清晨由前庭剪下的金盞花，如美人般，展歡顏，迎接母子倆的好心情。

廚房原本赤裸的刷白牆壁，穿上了淺米配淡咖啡條紋的新衣，是若梅兩年前利用閒暇，親自挑選、剪裁、刷膠、黏貼的壁紙，爲家營造溫暖的顏色。

她熟練地從冰箱拿出全脂鮮奶，倒在白瓷碗裡，鼻尖瞬時飄過一陣奶香。然後她將兒子從超市挑選的動物造型花生夾心餅乾，擺在墨綠底蘊的長形碟上，讓大象、犀牛回歸原始，走入綠色叢林。她轉身聽到傑克・倫敦筆下的野性呼喚，原來兒子在模仿各種動物的叫聲，大口將動物吞進嘴裡，彷彿上演蠻荒時期的生存遊戲。兒子只能用這種方法征服野蠻動物。

當柴、米、油、鹽不再占滿若梅生活的全部時，這些曾被視爲浪費她聰明才智，短了她人生志氣的家務，就都奇妙地脫胎換骨，增添文學藝術氣質，不再瑣碎而變得高雅起來。

此時，她腦海裡演出母親心房失火的戲碼：「就是你們這些破人拖累我的一生。」母親的哀怨接踵而來，總是無法停止。

不愛做家事的母親，情緒一直長著刺，刺痛若梅幼小的心靈。

若梅念小學時經常代表學校參加演講比賽，級任導師也經常望著她身上縐成一團的校服，搖頭。然後嘆口氣，指揮坐她隔壁的阿英去廁所和她換校服。阿英的校服泡過漿水，被她母親完美地燙過，領口服貼，裙子更有整齊的百褶，散發出某種讓若梅難堪的、被寵愛的氣味。然後，若梅穿著漂亮校服，跟著教務主任坐三輪車，去外校參加校際演講。比賽完，她就像灰姑娘 Cinderella 被打回原形，穿回自己的衣服。

她在美國讀完碩士，爲照顧幼兒，當了五年的家庭主婦。若梅是個追求新鮮、迷戀知識的人，在尿布、奶瓶的單調瑣碎，與孩子哭鬧、嘻笑的重複裡，她讀到令人徬徨、焦躁又無聊的寂靜，有如駕駛失速卻沒有方向盤的汽車般。這種徬徨、焦慮與無聊，讓她這隻誤闖婚姻叢林的白兔，先無精打采地走著、然後變慢跑、再變成快追，最後變成一頭花豹。這隻花豹，經常回望過去的母親，母親外表囂張似花豹，經常在家亂發脾氣。但她內心從來只是隻受驚、需要呵護的兔子。遺憾若梅小時候從來沒看清這一點，永遠只是疏離咆哮的母親。

兒子坐在若梅對面，滔滔不絕講述學校新鮮事。他今天學的字母是A小姐，是母音，其代表聲音是形容打噴嚏的a-choo。另外還有B先生，他是子音，代表字是butter。小傑一改剛才的散漫，思緒有如玻璃光纖中閃亮奔馳的電子微粒，高速進行，額頭因興奮滲著汗珠，泛著紅光，聲頻也比平日高出好幾倍；若梅集中精神聆聽，但卻放軟眼波瀏覽，像是在攝影鏡頭加了柔光鏡，來回流轉於兒子的臉龐，用愛記錄他所有的聲音與畫面。

金黃色的夕陽如鍍了一層蜂蜜，正緩緩挪動慵懶的蓮步，蹣跚於若梅後院的綠地菜園，菜園裡種著韭菜、豌豆、小黃瓜……滿園子種的都是若梅的鄉愁。夕陽把拉長的母子對望影子，剪貼於壁紙上。於是，這個黃昏片刻顯得特別可口。兒時，若梅曾經一再地渴望，能這樣、就這樣，和一個溫柔似水的母親面對面，溫馨對望，甜蜜談心。她希望自己是一塊剛烤過還散著餘溫的棉花糖，縷縷牽絲，又甜又黏地繞在母親心頭，就像小傑黏在她心頭。但印象中母親總是苦著臉、皺著眉、煩煩躁躁地操持家務。雖然沉靜溫和的父親在家中已經是毫無輕重的影子了，但母親依然找得到藉口，朝著父親大發脾氣。

若梅懷孕後曾一再地告誡自己，絕不能像母親，絕不讓兒子經歷她曾走過的道路。她要經營一個充滿祥和慈愛的家庭，要將幼時得不到的溫柔關愛，加倍地彌補給兒子。想到這，若梅沒來由地擁抱起小傑，還直說我愛你。印象中她的母親可從來沒有這樣的肢體語言。

連續幾聲電話鈴響，劃破寧靜剪影，若梅起身接電話，是素貞遠從俄亥俄州打來的長途電話：她的第一句劈頭就是：「若梅，我有天大的好消息要告訴你。」

由素貞亢奮的語調中，若梅猜了八成，就對著話筒提高分貝地回應：「該不是你終於懷孕吧？」

「不愧是多年好友，猜中了！」

素貞繼續說：「你最清楚，這幾年來都快把柏南急壞了。我們差點要考慮去收養孩子呢，還好天從人願哪！」

「恭喜！恭喜！眞替你們高興。」

柏南與素貞等待孩子可眞等了太多年了，這可是天大的好消息，若梅眞心爲他們歡喜祝福。但若仔細琢磨若梅的聲調，卻又覺得她的語氣裡混雜著某種奇怪的焦慮與不確定，彷彿人在戲院，布幕尚未升起前，坐在觀眾席裡等待開鑼時，那種既興奮期盼，又透著某種隱憂的複雜情緒。若梅的情緒爲何如此複雜？

若梅回想自己因留學走出原生家庭，從單純少女，兩人世界，到添了孩子，多了公婆，重組另一個家庭，箇中滋味，一言難盡。她的生活舞臺由熟悉的臺灣，轉到這無親無故又失根的陌生美國，好像由恬靜的小溪，進入大江大海，有寬闊豐富，也有驚濤駭浪；有成長茁壯、也有挫折失落。她人生轉彎，先離根再紮根，也好像由鄉村田野誤入虎豹叢林，這一段生養孩子，跌倒又爬起的歷練，眞不是件單純喜事，又怎能用「恭喜」二字來涵蓋表達？

放下電話，她不由得替結婚十年來，身分都一直只是職業婦女的素貞，杞人憂天起來。

第二章

女人的星期天

星期天，立群大姐家又要宴客了。

若梅掀開氣窗的小窗簾，外頭細雪紛飛，枯黃的草地上彷彿鋪了一層糖霜，她貼近窗邊，仰頭望向天際，灰暗的天空藉柔軟雪花和地面傾訴著心事。雪雖下得綿密，遠樹的輪廓猶在，白雪無法遮蓋一切，一如某些人間事。

若梅、立群正逢期末考階段，讀不完的書堆疊在他們無隔間的小公寓裡，那張既是書桌，也是餐桌，還兼料理臺的小桌子，看起來擁擠且有點不勝負荷。一向注重課業表現的若梅無心赴宴，但立群說大姐有心照顧他們，不能拒絕她的美意。

其實，若梅知道，立群是不敢拒絕。因爲將來還要靠大姐幫忙申請美國居留證。

小時候，立群眼中的大姐是顆耀眼的星子，他怕被灼傷所以不敢接近大姐。現在兩人都住在俄亥俄州，異鄉巨大的孤寂吞蝕了所有的距離，在五兄妹中他們成了最親密的手足。

立群開輛福特二手車，緩緩駛入西郊幽靜的高級住宅區。他車子的排氣管有問題，汽車行進時發出令人不悅的噪音，立群一時無錢也無暇修理。他只能將舊車停在遠離大姐家的馬路邊，就怕苦留學生的寒酸丟了大姐、姐夫的面子。因爲姐夫是某公司的財務長，出入開新車，儼然是美國典型的中產階級。

若梅剛走進廚房，聞到撲鼻香氣，看到料理臺上已經擺好前菜，是各種起士、火腿、醃肉、酸黃瓜拼出的一個彩色圓弧；另外，大姐用牛油、洋蔥、罐頭番茄醬、美極醬油，把白飯炒得蜜紅油豔、香噴可口；至於那手工法式西點、千層派，更是細緻，如巧奪天工的藝術品，色香味在屋內流竄，待會兒吃進口裡，那份軟甜更將會在齒頰勾留。

若梅不敢相信大姐以前是立群手足中最會念書的。立群說，外公爲了栽培大姐，硬是要求身爲公務員的父親，將大姐送去天主教辦的私立名校，住宿就讀。主修法文、英文，副修義大利文，寒暑假才回家。就這樣，大姐逸出了他們的日常軌道，走她自己的路。

她的制服、書包、書籍、文具，都因私校的嚴格規定，大不同於念華僑中學的弟弟、妹妹。每次大姐回來，弟妹們總是抬起頭，如仰望天空星子般迎接這功課優秀，氣質不凡，滿口法文、哼唱義大利名曲的姐姐，雙眸充滿尊敬、傾慕，不敢有一絲嫉妒，更不敢奢求平等待遇。

大姐私立名校的學費，是全家省吃儉用挪出來的。公務員的父親沒有能力再供其他小孩念私立學校，所以從立群哥哥以下，都念附近的華僑學校，四人因此培養出革命情感的小圈，圈中鮮有大姐的蹤跡。

大姐難得放假回家時，不願意和高矮如階梯般的弟弟、妹妹擠在一塊吃大排檔，好像有損她的形象。她總要求父母單獨帶她去高檔的西餐館，吃烤雞，炸魚。

「若梅，快來幫忙切蔥、剁蒜，還要準備啤酒。」若梅正在胡思亂想，一時轉不過神來，沒聽清楚大姐的指令。立群已經一個箭步向前，接下任務。他找出砧板，快手快腳地完成大姐的使命，並開了啤酒，往燉鍋裡的鴨子身上倒。他知道大姐今天的主菜是啤酒燜肥鴨，想著就口水直流。

若梅並不想無所事事，但她實在趕不上立群的靈敏與速度。她讀書時腦筋轉得很快，但關於必須動手腳的事就慢半拍，幫不上忙。

大姐一切都看在眼裡，心裡為她弟弟的命苦而輕輕搖頭。立群結婚一年了，總把若梅如珍珠般捧在手上，捨不得讓她下廚，每天委屈自己吃著若梅用電鍋蒸出來的香腸配白飯。大姐疼在心裡，又不好明說，只有宴客時請立群來，順便替他打打牙祭，祭祭五臟廟。

若梅雖然欣賞精緻的美食文化，但她知道即使自己有錢了，有房子了，也不願像大姐那樣花時間、用精神，烹調料理。她佩服精通多國語言的大姐，沒有外出工作貢獻所學，反而在婚姻生活的柴米油鹽裡翻滾，將自己翻成精通各國料理的神奇「煮」婦。若梅可是要保持讀好書、遠庖廚，形而上超越一切的清高性靈。她記得臨出國前，一位曾想追求她的學長，知道她去美國要嫁的不是學者教授圈內人，送了她一句話：「請保持你的讀書人氣質。」

「趁客人沒來，你還不快點去把臉、手、膝蓋抹點凡士林，瞧你那又黑又乾的皮膚，真夠難看。」忙著料理瓦斯爐上八珍豆腐的大姐，還有餘力扭頭責備七歲的女兒小莉，她正伸手取食拼盤上的一塊起司。

大姐婚後育有一兒一女，大女兒小莉，沒遺傳到大姐的大眼睛，偏偏遺傳大姐較黑的皮膚，稍大的嘴。小莉最近因換牙，嘴脣更顯外凸；三歲的弟弟小偉，卻生得細皮嫩肉、脣紅齒白的，還有雙靈活的大眼。或許小莉像面鏡子，眞實反映大姐外型的某些缺點，因此大姐常挑剔小莉，譬如她吃飯慢、頭髮稀黃、皮膚乾燥難看等，母女關係有些緊張。

立群說，大姐跟他們母親的關係也不好，尤其當年大姐要出國的那個星期天，她和母親發生嚴重的衝突。

那天，擅吹口琴的大姐站在微風徐徐的天井，爲來送行的同學吹一曲電影《櫻花戀》的主題曲"Sayonara"。大姐迷戀馬龍・白蘭度，尤其他那雙朦朧如夢、似深情又冷漠的眼睛。她一看再看電影《櫻花戀》，沉醉於美國男子與日本藝妓間的淒美情愛。

她吹的琴音隨風蕩漾，好似來自夜空幽微處的聲聲嘆息，讓一旁的立群忍不住模仿起馬龍的磁性嗓音，哼唱起來：

Sayonara, Japanese goodbye.

Whisper sayonara, but you mustn't cry...

憂傷尚在空中緩緩移步，有潔癖的母親經過天井，剛巧看見大姐在煮飯用的水缸裡，沖洗口琴。母親忘了有客人在，一巴掌揮過去，揮掉大姐手上的口琴。大姐和立群一時都愣住了，只聽口琴在地上發出「嗚嗚」的回音……

該是離情依依、細細叮嚀的夜晚，大姐將父母親給她的所有珠寶如象牙、瑪瑙墜子，珊瑚、玉石戒指、純銀蛇型手鐲，當然還有當年那串惹禍的日本養珠項鍊，都丟出房間。第二天，她沒有和父母道別，沒有流一滴眼淚，拎著大箱子，遠走一個不可知的天涯，留下立群的父親，站在大姐的空房，長吁短嘆，而母親關在臥室裡完全沒出來送行。

從此，大姐的背影，成爲家中的一種告誡、禁忌。

大姐和母親的恩怨早在多年前就爲了那串日本養珠項鍊結下。彼時，立群父親代領僑居地外貿團，赴日本出差。回國前他在機場爲太太與當年十五歲已長得亭亭玉立的大姐，各買了一串日本養珠項鍊。沒想到母親因此惱怒，不停地數落父親，長幼無別，一個十五歲的女兒，憑什麼擁有和母親一樣昂貴的珍珠項鍊！

從此，歲數相差不到二十歲的母女，不像母女，倒像是在後宮鉤心鬥角、忙著爭寵的兩個女人。長期爭戰中，她倆各有輸贏。但這些對立，最後應該都輸給了歲月。

或許，親情不是天生的，彼此的心田要先種下愛，母女才能成爲永久的母女。而她們母女間，就缺了這份耕耘。大姐高中一畢業就想離開家，走得遠遠的，倒不一定要留學，她只是要離開，彷彿要離開一個曲調不合的合唱團，譜她自己的調，唱她自己的歌。

大姐獲得美國四年獎學金，不到二十歲跨海留學。出了家門就沒再連絡。在立群眼中，大姐前途如大海波濤，氣勢洶湧，也暗藏危機。但因一向疏離，他並不了解大姐的方向。

若梅也有類似的母女經驗。她從小沒和母親接近過，只站在家庭邊緣，仰望母親背影，企盼母親偶爾回頭，關注她的用心表現。可惜這童年渴望從未被滿足過，讓她的個性好像長了疤，視野有些扭曲怪異，對天下父母是否公平，是否偏心，特別敏感。對不被父母喜愛的孩子特別心疼。

她在大姐準備宴客的廚房，找不到可發揮的地方，拉著小莉的手坐到客廳去，一面幫她塗凡士林，一面耐心地問她學校新鮮事，並趁機讚美她在學校表現優秀，在家中還會幫忙照顧弟弟。這一切的關懷，若梅都悄聲地說，就怕大姐聽到，誤會她在挑撥離間。

大姐出國後鮮少與家人聯絡。幾年過去的某一天，立群家人意外收到一封大姐的來信，信上說她已經結婚了。全家人大為驚訝，還沒拿到大學文憑，還沒工作過，大姐為何急著交出尚未寫完的青春考卷呢？全家人上下撥弄著算盤珠子，心痛地算計著，多年來栽培大姐的花費，都如逝水東流白白浪費了，還沒回收一分錢，大姐就嫁為他人婦。他們心裡有行行的問號。尤其不滿意大姐嫁給當地僑社他們早就認識，但不太來往的，最富有，也頗勢利的商人家。姐夫是長子，也有好多弟弟妹妹。全家人就屬他文化水準高，最會念書，立群十幾歲時曾羨慕過還不是姐夫的姐夫，擁有最棒的音響與最多的黑膠唱片。聽說後來他在美國伊利諾州留學，搞不懂他跟大姐怎麼連上線的？兩家人意外結成親家，好歹要見面吃頓飯，立群記得那頓飯吃得好彆扭，兩家人面對面排排坐，大人們努力哈喇營造氣氛，年輕人卻都壁壘分明，沉著臉不講話。立群手足嫌人家有土豪氣，對方嫌他們有傲酸氣。

後來立群買了一張美國地圖，研究了好半天，才弄懂大姐念書的學校，在北達科塔州，位於美國北部，和加拿大接壤，應該是個極寒冷的地方。

多年後立群也遠赴美國留學，嘗到和原生土地撕裂的痛，他如一片飄離枝頭的葉片，在陌生空氣中飄蕩，不知何時重新吃土，開枝散葉。這時他才懂得當年大姐，一個對新世界充滿奇幻夢想的二十歲少女，住在山巒、河流、農田、動物多過人的北達州，面積是全美國第十九大，人口卻遠遠落後，華人尤其少之又少。大姐在無盡的穹蒼與地平線間，如何對抗那無後路可退的孤絕。想著令人心疼。

大姐在異地苦熬了三年，冷到骨子裡的寂寞，終敵不過在芝加哥念書的姐夫，來回熬夜開車，熱烈追求。她用未竟的學位賭自己一生的幸福。她藉姐夫那有力的槳，划出美國大平原的最北端，划到美國中西部大城芝加哥，升起平凡的人間煙火。日升月落，許多時間划了過去，又有許多的不知划了過來，而贏得愛情的大姐，如被裝進口袋的星子，輸掉了別人眼中她的光芒。

星期天，大姐除了宴客，去購物中心血拼也是她生活的另一大享受。她足蹬三寸高跟鞋，在偌大的購物中心連走兩小時，從不喊累，立群送了她「鐵腳」的封號。但全程陪「鐵腳」逛購物中心可不容易，尤其連學費都得分期付款的若梅，只在車庫二手貨大清倉時才添購生活必需品，面對購物中心琳瑯滿目的商店，沒有一個跨得進去，讓她好累。腳累，眼睛累，心智也因爲不用大腦、缺乏挑戰而累。

此時若梅懷疑，大姐似乎在家務、美食、華服之間還缺少些什麼。移民美國十年的她，有兒有女有大房子，怎麼比一無所有的若梅，還缺少些什麼，需要塡補。

這或許和她不會開車有關？

大姐來美國十年仍不會開車，在幅員廣大又無大眾交通工具的中西部，是很少見的例子，不會開車等於沒有雙腳，行動無法自主，不能獨立生活。大姐對機械操作充滿恐懼，學開車時經常犯錯，偏偏自尊心極強，受不了姐夫的指導，也不喜歡駕駛學校的教練，嘗試多次，都以吵架結束，最後，所有活動只有依賴姐夫週末完成。

美國的週末開始於週五的夜晚。

學期剛結束，立群吃過簡單的晚餐，接到大姐、姐夫邀約，去城中希爾頓飯店頂樓酒吧，聽音樂、跳舞。這樣的節目，對天天悶在家讀書的若梅，極具誘惑性，在堅持用功的底下她有顆想浪漫、玩樂的心。而且這個邀約也挑起若梅愛美的本性，她興奮得翻箱倒櫃，找出一條比較像樣的長裙，布料是雪紡紗，兩側有層層波浪，相信隨著華爾滋舞步的迴旋轉身，二手衣也舞得出她嬌媚的原汁原味。

大姐梳著高聳、有霸氣的髮髻，項鍊是顆如鴿子蛋大小，血紅的珊瑚，手腕戴冰種玉鐲，貴氣逼人。誇張的首飾，到了自信滿滿的大姐身上，似乎都找到正確的位置，各得其所地發揮其渾然天成、雍容華貴的特色。若梅沒有什麼首飾，左手無名指的結婚戒，小小的一點碎鑽，發不出什麼光。僅靠一條長裙托住她的年輕，在大姐面前顯得寒酸黯淡。但若梅並不在意，她滿臉堆著有點諂媚的笑，期待能跟著姐姐、姐夫出入高檔場所，見見世面。

姐夫在美國久了，懂美國社會生存之道，知道中國儒家那一套謙虛禮讓，在美國行不通，適時的誇大才能贏得尊重。到了希爾頓頂樓，只有碩士學位的他，自在地走到帶位領班面前，自稱王博士，再塞五元美金。他們四個人被領班帶到離樂隊、舞池最近的沙發區。姐夫點一杯馬丁尼，姐姐是「血腥瑪莉」，立群和若梅整晚只花一杯可樂錢，就可重溫臺灣舞會的浪漫，聽歌手翻唱貓王深情款款的"Love me tender"：

Love me tender, Love me sweet...

立群溫暖的胸懷似天涯、如海角，若梅躲在其中，忘了以前隔著太平洋，倚賴航空郵簡，談相思的孤寂，也忘了自己身在異鄉爲留學生的窮苦。立群在她耳畔廝磨，熱呼呼的氣息如春風輕拂，她情不自禁將臉頰緊貼立群下巴，手臂也緊摟著他肩頸。在愛的城堡裡，什麼苦都值得，什麼艱難也不怕。

立群說姐夫父親是僑居地成功的商人，但思想保守。大姐第一次回婆家，曾直接向婆婆抗議男尊女卑、男女分桌而食的規矩，結果害得身爲長子的姐夫，在父親財產分配下損失了一個零。

時序進入深秋，樹葉被來來回回的風霜染上時間的醬色，偶然飄落的雪花，如撩人的遐思，忽左忽右，沒有方向。又值星期天，太陽難得露臉，立群與若梅依約來到大姐家，準備陪大姐「放風」購物。

姐夫開門的臉色預警氣氛不對。剛踏入起居室的若梅，被眼前情景震懾住。大姐穿著華麗，卻鐵著一張化得又紅又白的臉，如演戲般，呼地一掌打在廁所門邊小莉身上，接著一連串的抱怨：「你吐，還吐，好好一個星期天，被你毀了。你哪天不好生病，專挑假日來和我作對？你可知道我過的是什麼日子？每天困在家中，面對四面牆，成了不折不扣的煮飯婆，餵你們這些人的肚子！」

打人的大姐看起來比被打的小莉還悲慟，她那抑揚頓挫的責罵聲，剛到一個段落，又揚起手要打下去，被姐夫用力拉開。立群也一個箭步上前，用雙臂護著小莉，但大姐那失控的嗓音仍在空中迴蕩：

「我什麼都放棄了，難道連這一點出門透氣、看看外面世界的權利都要被愛生病的小孩毀掉？」大姐的哭聲如破碎的玻璃，片片扎人心扉。玻璃很漂亮又晶瑩，但若碎了，它就只會扎人，且扎得很痛。

若梅無法把眼前這歇斯底里的大姐，和平日儀態萬千的她聯想在一塊兒。她想立刻關掉這場景，但一時找不到開關。

生病、嘔吐、害怕，小莉顯得特別蒼白，她雖努力憋著，但啜泣聲仍隨著瘦小肩膀，上下抽動，不斷傳出；懂得察言觀色的小偉，早已精靈地躲在他爸爸身後，不出聲，免受池魚之殃。

若梅同立群一起蹲在小莉旁，突然她想起某日立群不小心說溜嘴，大姐是懷了小莉，不得不輟學，提早嫁給姐夫的。

看著眼前小莉被母親怒打的這一幕，若梅慢慢縮回自己的硬殼裡，縮成一個小女孩。若梅在哥哥十一個半月大的時候出生，父親的薪水袋，被哥哥喝的進口奶粉掏空，母親的愛與剔透的心也都在照顧哥哥與柴米油鹽的煩瑣中耗盡，只剩下失火的心房與尖銳的怨悔。嬰兒時期，若梅喝的是最廉價的脫脂奶粉，半夜餓得哇哇大哭，母親從不起來餵奶（這倒也成了她後來怎麼都胖不起來的優點）。從有記憶起，哄她睡覺的是父親，她睡在父親長長的手臂間，對望著父親高挺的鼻子。通常她這個小小孩尚未入睡，父親已經開始打鼾。

若梅縮在自己的殼裡，彷彿又聽到母親崩潰時的咆哮，看到並不喜歡學校，但不想回家的自己在操場邊徘徊。她看懂了，大姐將自己的不得志遷怒於小莉身上，如同她母親遷怒於她。但若梅在記憶深處，倒是找不到一張母親失控打她的畫面，從來沒有……母親只不過堅硬一顆心，將她擺在愛的邊緣，家的城外。她一直以爲母親脾氣壞，原來母親的情緒控制比一向優雅的大姐還強。

大姐、小莉的哽咽聲，聽來像變了調的"Sayonara"。原來有些事物，過了歲月也就過了，但有些就是過不了。

這個星期天，若梅透過大姐看見也看懂了，多少冰雪聰明、纖細敏感的女人心，因爲陽剛社會的男性主宰，養兒育女的折磨辛苦，操持家務的枯燥平庸，廚房煙火的反覆燒炙，會被薰得發黃、變黑，心靈堆積太多泥垢，難再開出美麗，竄出繽紛的春天。她們外顯的強勢不過是遮掩內心的羸弱。

這個星期天，若梅對母親的冷漠瞭解了，也釋懷了。

但，小莉呢？多年後長大的小莉，會變成一個怎樣的女性？會像當年拿著巨大行李踏出家門不再回頭的強硬大姐？還是會怯懦缺乏自信像今天那顫抖的小莉？這母女間的情結還會繼續延伸到下一代嗎？長大的小莉如果再回望這個星期天，她會看見什麼呢？她會像若梅一樣，看懂女人的星期天，擁抱家的傷口嗎？還是到了小莉的時代，女人會澈底走出星期天？

第三章

彼岸的路

廚房窗外豔麗的晚霞逐漸像枯萎的花朵，慢慢在天邊褪去顏色。天整個灰暗下來，若梅站在廚房窗前，遠眺。她專注的眼神彷彿在找尋什麼，在看什麼。她恍似在夜色裡找尋過去生活的縮影，那是她在美國七〇年代，剛來美國留學的第一個家，也是她新婚的家，她懷孕的家，是後來所有美國生活的緣起，基地的開始。她很年輕就滾入「家」的齒輪，再也停不下來。這在美國的第一個家與生活，有新鮮、有成長，有挫折、有懊悔，是她人生豐富又變化的篇章。

那是一棟兩層的維多利亞式小樓，有尖尖的屋頂，六片玻璃格子窗，前門高出地面好幾階，有露臺，有地下室。這是個老社區，整條街都住著孤獨老人，又以老女人居多。歲月是沉重的外衣，也是來回的風霜，壓駝了老人的背，也蠟染了他們的臉，個個像路邊站著的楓樹幹，枯乾鬆垮，年輪寫了一圈又一圈。

若梅沒錢買車，也不會開，必須住在這老舊社區，因爲它靠近學校，步行就可抵達。丈夫立群開一部十年舊的二手福特，忙打工，上課，無暇顧到若梅。

大部分時間這條街寂靜無聲，也鮮有車輛經過，這情景和若梅從臺灣的好萊塢電影裡認識的美國相差許多。不過，若梅對這路面街景並不關心，因爲她住在舊樓地下室，沒有隔間的公寓。樓上住著房東和兩個大四的學生，都是白人。房東是個快五十歲的上班族，來自俄亥俄的一個小農村，人頗誠樸。曾做過修女，已經還俗了，但仍有修女的好心腸，目前仍然單身。

這樓房側面有個小門，可直通地下室，新婚的立群與若梅享有他們的獨立出入。走下樓梯，馬上看到一張沒有床頭的雙人床，緊貼著刷有白漆，但時時掉落粉灰的水泥牆。床邊擺一張兩人坐沙發，是他們唯一可接待客人的小空間，但新房從來沒有訪客。立群與若梅這對新移民，如切斷母親臍帶的嬰兒，孤身來到異國這個新世界，是微塵一粒，在無何有的空氣裡漂浮，除了立群大姐、姐夫之外他們不認識任何人。

沙發座椅左邊是替整棟樓房供熱水與冷暖氣的大熱水爐、瓦斯爐。右是洗衣機與水槽，因爲沒有另外的洗手、洗臉臺，這粗陋的水槽就是他們每天刷牙、洗臉的地方。水槽旁邊緊接一個有塑膠門簾的小鐵皮盒，是所謂的淋浴間，每次一開水龍頭，水花打到鐵皮上嘩啦啦地吵個不停。門簾不眞是用來遮擋隱私，只是遮擋水流，別讓洗澡水流滿地。一無所有的他們，彼此透明，無須遮掩。

若梅念大三下學期，結識立群，初嘗熱戀滋味不過幾個月，高她一屆的立群就大學畢業出國了。兩人被太平洋之水遠遠隔開。分隔的時候，若梅念完大學，考進研究所，來往的魚雁往返都快半百了，立群仍然沒有經濟能力接她去美國結婚。過去的甜蜜逐漸模糊，未來既看不見，也靠不住，但若梅捨不得放掉這遠飄又快斷線的風箏。若放掉，她手上不就更空了?!

曾經的濃情快被洗淡的時候，若梅決定放棄臺灣的一切，轉而申請立群同一所研究院的教育系。終在各方湊錢之下，湊足了美使館所要求的臺幣三十萬的保證金，她和立群在美國團聚，結束了兩年的遠距戀愛。

這得來困難的新婚日子，雖然窮得交了學費就少了菜錢，卻如浸在軟膩糖汁裡一般甜蜜。愛巢雖築在暗無天日的地下室，見不了多少天光，但他們就是彼此的光，綻放如火，燃燒彼此；每天無論吃熱狗也好，吃番茄蛋炒飯也罷，當他倆舉起盛清水的杯子，頷首開動，內心的飽足芳美不在菜餚，而在擁有你我。

除了走路去學校，見教授、同學，吸收新知識外，若梅哪裡都去不了，但這方斗室的簡陋、侷限，困不住她在新國度裡，因新鮮、因求學而豐盛充盈的性靈；立群的寵愛更讓她溫馴如白貓，孤獨卻不寂寞，每日甘願駐守地下的巢，等待世界唯一的光在夜裡歸來。

立群當時是全職學生，還兼打兩個半工，忙累異常，但從不讓若梅外出賺錢，分擔家計，他總說：「你剛來美國不熟悉環境，開車太危險，還是安心在家念書，做我的小妻子就行了。」受到這樣的嬌寵，若梅抬起她的臉龐，用全心的仰望與信賴的雙眸，望進立群的凝視。她柔軟的雙脣更深深烙在立群的臉頰。立群忍不住抱她上床。那一刻，妻子在他懷中之沉甸，是他對人生、對婚姻、對情人的許諾。

若梅從來沒被人這樣小心翼翼地捧在掌心疼愛過，以前的慘綠年少，是個無論多努力都被母親排斥的人。母親不是重男輕女，她只是一生與女人爲敵，包括自己的女兒。若梅在學校永遠考第一，被同學當偶像崇拜，回到家卻總得小心翼翼地察言觀色，觀察母親的方向球，看她今天此時吹的是什麼風。那奇怪的落差讓她緊裹著一顆心，度著冷冷的黑白日子。直到她遇見如暖陽、似春風的立群，她那顆心才緩緩開展，像牆角孤立的百合終於打開緊鎖的花苞，發現她的世界其實也可以用彩筆繪出玫瑰花瓣的顏色。

立群天性詼諧，愛說笑話挖苦人，又喜愛球類運動，無論在學校，或打工場合，很容易和美國人打成一片。他膽子大，不仔細看路上的阻礙就敢往前衝，很適應美國的環境。加上個子高，英文好，碩士學位剛拿到，即進入大企業工作，還順利取得居留證。

當初他是叢林裡披荊斬棘的先鋒，只帶著雙手來異國闖天下，現在他這個暗潮泅泳的破浪者，已順利到達彼岸，跨出成家立業的第一步了。應該會想喘口氣、歇個腳，瀏覽瀏覽彼岸風采，也可爲他和若梅赤裸裸的家增添個珠簾、羅幔，遮掩一下留學生的窮酸。但立群半刻不得閒，就提出：「沒有小孩的婚姻不眞實、不安定，我們來生個寶寶！」

他不是要求，也不是商量，而是肯定性的宣言。

立群爲何不享受沒有金錢、課業、移民局壓力的兩人世界，擁抱一下放鬆的滋味呢？若梅從未開口問，怕折了立群的威風，她只在心裡納悶：立群是想透過生育穩固自己在婚姻中的地位？還是處處積極、時時領先的立群，在繁衍子嗣上也想先馳得點，贏過「他人」？這個他人是誰？是他的兄弟還是同儕？若梅不清楚，只覺得立群是個緊張不放過自己的人。他也等於沒放過若梅，若梅碩士還沒念完呢。

來到美國這截然陌生的新環境，若梅個性的退縮、被動特別明顯，除了念書這一塊她掌握得很好，也頗有自信，其他生活如買菜、買衛生紙，念書如註冊、學費分期付款、應付移民局，都靠立群打點，甚至連番茄炒蛋怎麼炒，都要打電話去公司問立群。立群是現實小百科，若梅是生活大白痴，這一對，配得倒是恰恰好。

結婚快兩年了，若梅沒做任何心理準備，傻呼呼地配合立群想生孩子的要求，停掉了避孕藥。結果，她很快就懷孕了，心中暗自竊喜——精明能幹的立群，終於有了要靠她才能完成的事。她來到美國，對立群，對這個家，什麼貢獻也沒有。現在，她天眞地認爲自己終於派上大用場了。

她害喜不嚴重，仍照常上下學，努力K書，她擔心自己的考試成績是否理想，從不花時間了解了解當小母親會怎麼樣，完全不想尿布怎麼換、奶瓶怎麼洗等生活細節，她以爲天下唯有讀書高、做學問難，其他瑣事，如懷孕生子，如處理家務，都易如反掌，毋須操心。最不濟時，問問立群應該就能解決一切。

若梅的學位指導教授路克博士，年紀並不老，但銀髮蒼蒼。臉色特別紅，是脾氣不好的大牌教授。上課時，他有意無意對著女性多於男性的課堂，屢屢貶低家庭主婦的地位，強調洗碗、打掃等工作，不需要碩士學位，他鼓勵同學無論結婚與否，都不能放棄追夢、築夢的權利；課後輔導時，也常誇讚若梅，從上課的發言與研究報告中，可看出她不同於一般缺乏個性的亞洲學生那般謹慎保守，是少見有獨立思想的東方學生，是做學術研究的料。對這樣的讚許若梅並不意外，在臺灣念研究所時各科教授都喜歡將她納入研究小組。路克博士一再鼓勵若梅碩士畢業後，去攻博士學位。目前這所私立大學沒有博士班，他願意寫推薦信，大力推薦若梅去離此五十英里，高速公路開車一小時的學校，續念博士。

一向是書蟲的若梅聽著自然歡喜，開始著手申請入學，完全沒考慮自己已經懷孕，而且不會開車。她掐指算算預產期在暑假，產後正好趕上秋季入學，很慶幸自己會選懷孕的日期。她連博士班要念語言學系都想好了，寄望將來可以比較中西聲韻之異同。

當初她考進臺大，低調的父母難掩眉梢喜色，尤其母親。母親一向對她的好成績漠然處理，就怕傷了成績不如她的哥哥，但這回一反常態，頻頻發表對她的期許，同時雙腳還忙著踩踏塵封已久的縫紉機，打點若梅去大學的各色新衣。這是若梅生平第一次因爲成績好博得母親的注意。母親常抱怨小時她繼母沒讓她念大學，萬分羨慕若梅能追隨臺大名師潛心研究古詩詞。母親把中文系和詩詞畫上等號，希望她走文學之路。

平日甚少發言的父親，那一次卻執意要她研究文字、聲韻這些冷學問，還激動地說，只有文字、聲韻是文學領域中之科學，較具實際功能，比文學更能報效國家。母親一聽，馬上拉高分貝：「家中有一個冷漠的木頭人就夠我受的了。」後來若梅從父親的老友處得知，父親當年考大學，第一志願竟然是醫學系，然後是物理系。抗戰期間，他是山東第六中學的流亡學生，離家千萬里，穿著草鞋跟著學校，由西安越過山區，進入四川。他停留過梓潼、綿陽、成都，該考大學時，他在重慶。若梅聽父親說他考物理科目時，剛巧碰到日軍大轟炸重慶，父親一向動作慢，物理卷子沒答三分之一，就得跑防空洞躲警報，結果名落孫山。他不得已才轉去投考中文系。

若梅欣賞文學，卻不想研究文學。臺大畢業，考進臺大中文研究所，她選擇鑽研甲骨文與古音韻學，教授們紛紛將她納入研究計畫，準備好好栽培她。這位前途被看好的女弟子，跌破大家眼鏡，將自己打包、歸零，遠走天涯，選擇愛情。

當時沒人知道，若梅接到立群從美國寄來一封無字天書，「愛的美敦書」。書中什麼都沒寫，只畫了一個即將溺水的泳者。讀信的她正孤獨一人在研究室的昏黃燈下，與青銅器爲伴，也是個急需救援的溺水者。

或許愛情就像一座海，任誰涉入，就都成了需要拯救的人。

俄亥俄州立大學離開若梅住的辛辛那提，不過就是臺北與新竹的距離，沒有太遠；若梅曾讓父母、教授們大大失望，辜負了他們的栽培，心想現在正是努力彌補過往的好機緣。

育嬰手冊擺在書桌上，若梅視而不見，只積極收集資料、申請學校。立群大感詫異，孩子生出來，當然是若梅在家照顧，怎麼可能跑那麼遠去念書？他奇怪若梅一派輕鬆，完全沒有做母親的準備。

寵慣若梅的立群，試探性地問：「小梅，你要去念博士啊？將來會瞧不起我這個碩士丈夫喔？」

若梅有些害臊，食指輕點立群額頭：「八字還沒一撇呢，什麼博士不博士，別取笑我啊！」

這樣的對話並沒重複幾次，若梅眞的拿到入學許可與免學費的獎金，這下立群知道事態嚴重，看來若梅還眞是個不知現實是什麼的書呆子。他不得不向若梅攤牌：「小梅，孩子生出來誰照顧？」

若梅一副事不關己、咕嚕著一雙眼珠，無辜地說：「就請人帶嘛！」

他們家管帳的是立群，若梅根本搞不清楚家中經濟情況，立群又愛面子，什麼困難都自己扛、自己解決，還把財務狀況說得比實際情況好得多，所以他一時無法告知若梅，他根本沒有這種預算。

「到哪裡找適當的人？你放心嗎？」

若梅的父母一九四九年隨政府逃難來臺，是無田、無地又無人脈的外地人，總一再提醒兒女，一切靠讀書才能出人頭地。他們極重視孩子的教育，男女不分，若梅在家和兄弟一樣只負責念書，所有家事由父母，多半是父親一手包辦。印象中母親都躺在床上，抱怨她的不舒服。

若梅過去一直生活在念書、考試、寫報告，這些懸在空中、既虛且滿的世界；一向對腳踏實地、操勞體力之事甚少接觸，日常生活之柴米油鹽也不留意。是典型的五穀不分、四體不勤的讀書人。用電鍋蒸出一菜一飯，解決生理需求，是她嫁給立群後，接觸形而下生活的最大公約數。

她率直地回答立群：「有什麼好不放心的呢？若不放心，就找你父母。他們不是準備來美國看將要出生的孫子嗎？就麻煩他們吧？」

立群暗自叫苦，好似一記悶拳打在胸口，他用沉默表達他的姿態。他了解自己的父母：父親一生從政，忙於事業，從不過問兒女家事，是個遠庖廚的君子。母親來自富裕之家，是個嬌嬌女，雙手塗著紅色蔻丹、戴著綠色玉鐲，用來使喚奶媽、僕人、喝咖啡、下午茶之用。雖孕育五個子女，辛苦粗活都是奶媽、僕人在做。她只動口不動手。現在父母退休從僑居地來美國看兒女，抱持旅遊、享受兒女孝順的心態，怎會屈就替他們帶孩子？

在那家家戶戶無錢出國，不流行旅遊的年代，若梅結婚快兩年尚未見過公婆，立群不能讓她先對公婆種下成見，所以這些湧到口邊的話語被他又吞了回去，先隱藏於內心幽暗處好一會兒，最後，成了消化不良的泡泡，散於空氣中。

立群靜默多日後，放不下心，又換個方式再提醒若梅：

「申請的大學那麼遠，你又不會開車。這裡不比臺灣，沒有大眾運輸工具，你怎麼去呢？」

若梅歪著頭想了想，薄薄的嘴角往左邊撇了兩下，用手勾住立群脖子，撒著嬌說：「讓我住學校宿舍嘛，週末你來接我回家，好不好？」若梅一面說還一面搖晃立群的手臂。

一陣酸苦嗆辣在立群喉頭翻攪，他滿心困惑，覺得若梅怎麼和他活在完全不同的世界，距離如此遙遠，怎麼溝通啊？莫非若梅眞以爲生寶寶像辦家家酒那麼單純？

立群從小看父親常年爲母親不會持家而一再爭吵，他總責怪父親是「外貿協會」會員，娶了美麗但不成熟的母親。立群高中一畢業，就堅持接管家中經濟大權，從此家中收支不但沒有赤字，且有餘錢供弟妹出國念書。他因此一再告誡自己，娶妻不能單看美貌，智慧要第一，所以那些在舞會中認識的時髦女孩，無論魅力多大，外型看來和他多配，他都不心動；他千挑萬選地選上樸實會念書的若梅，未料有碩士學位的若梅，好像沒有比他那中學肄業的母親聰明多少。若梅每天在抽象的、無大用的學問裡雲遊，對未來世界變化、最新教育導向，現代漢字和甲骨文的關係等等的興趣，都遠遠超過嬰兒該喝什麼配方奶、尿布疹該如何處理。學習上她一直是高材生，但在生活上，立群發現她簡直是張白紙、低能兒。總在家中完全沒有雞蛋沒有青菜時，才慌慌張張地打電話到公司裡求救。要立群下班時買東西回家，然後她自己在家吃個白吐司麵包，就混過一餐了。將來她也這樣顧小孩嗎？立群心中打個大問號。

莫非在愛情世界裡被疼惜的女人，天聰都被遮蔽，他們不知道，或許不想知道，婚姻不是春風裡的談談說說，是實際生活的血汗付出。

立群正為父母與孩子同時來而深深發愁。首先，他得換個地面上像樣的公寓，丟掉從救世軍買來的二手家具，不能讓處處以他為傲的父親看到這些寒酸，更不能讓很現實，愛挑剔的母親看到他的窘迫。母親講究物質追求，可不比若梅，只求精神上的豐足，無視物質上的匱乏。他們結婚兩年，家裡除了臺灣帶來的大同電鍋與一臺手提收音機之外，沒有任何家電。母親若看到眼前的狀況，鐵定眉頭一皺、嘴角一撇，口無遮攔、毫不留情地批判：「地下室能住人嗎？」

他更要為心肝寶貝準備體面的小床、散發溫暖的絨被，許許多多嬰兒還看不懂也不會玩的玩具……

這些開銷會壓垮剛入社會一無積蓄的立群，怎有餘力供若梅念博士且分開吃住？原本立群想到即將出世的孩子，股股熱泉汩汩湧自心底，現在，熱泉上似有雪花莫名飄過，滲著絲絲凜冽。

立群內心很掙扎，一方面覺得若梅眞不懂事，一方面心疼若梅隻身渡海，投靠異國飄泊中他這唯一的小船，無怨無悔地和他在窮困的波濤與冷風中向前划，眼看要登彼岸了，卻因爲父母、孩子同時來到，讓小船面臨全新的挑戰。立群自己也開始惶恐，不知該引領小船駛向何方。

左思右想後，立群心存僥倖，暫時擱下現實難題，換上扮家家酒的笑臉，摟著若梅肩膀，用玩笑語調問：「怎麼？想搬去校園宿舍，然後把我甩掉？我才不放你走哩！」

他轉過身，自我安慰地沉默望天：「先別急，母愛會是天神賜給女性的專利，若梅一定會改變，就看時間的早晚吧。」

於是，仍沉浸在新婚「你泥中有我，我泥中有你」的小夫妻，各自爲未來描繪夢想的藍圖，並未注意對方藍圖裡都畫些什麼，就繼續前行。

執行力很強的立群在兩個月內完成租屋事宜，把家從地底搬到地面，一個上下兩層樓的公寓 townhouse。眞是邁了好大的一步。租來了全套家具，時髦的沙發，玻璃咖啡桌，檯燈、兩套梳妝臺，迅速填滿新居的每個角落。他開始想像：下班後和父母坐在客廳看電視，搖籃裡的孩子發出細細的啼哭，廚房的飯菜飄香……儼然是個甜蜜的家了。

立群志得意滿地坐在二樓臥室窗邊，看窗外滿眼蓊鬱的華美樹冠，有喜鵲在枝枒築巢，很大的巢，就像他的巢，只是他未覺察鳥巢是築在半空中，並不踏實。

忙於築巢的他，坐下來好一陣子才發現有些不妥：若梅的心似乎仍留在巢外探索，並不在他的巢內。尤其最近，若梅常藉口收拾舊居中的雜物瑣碎等，偶爾還留宿地下室。想到這，他有些慌，習慣性地想找尋地心引力。他雙眼專注地透過華蓋縫隙，往下尋覓濃濃樹葉底層他最熟悉且深深倚賴的樹幹，這是當初他在地下室時最常見到的景觀。

週末，立群下班回來，廚房爐灶冷颼颼，冰箱只有昨晚的剩飯、剩菜。他走進空空的臥房，再望向築在半空中的鳥巢，突然想起若梅仍留在舊居。雖天色向晚，他還是專車開回舊居，急急忙忙衝下他再熟悉不過的地下室。發現地下室差不多空了，只剩下相簿、舊書，擺在以前他和若梅K書兼吃飯的小桌上。他左右找不到人，只在小桌上找到一張紙條，寫著：

「親愛的群，有位碩士班的同學也申請到俄亥俄大學，我今天搭他便車去新學校註冊，並申請宿舍。我一時眞捨不得放棄好難才申請到的博士入學許可與免學費獎學金。或許將來我可以住宿舍，週末再搭這同學的便車回家？我不想打電話告訴你，因爲你會阻止我。」

一向是若梅靠山的立群陣陣頭皮發麻，心亂了，手上的紙籤一直晃來晃去，晃得他眼花。他過去一直在暗潮努力泅泳，從未瀏覽兩岸風光。游到對岸，坐了下來，這才感受有太多什麼仍留在河之暗底，混混沌沌，讓他摸不清，也抓不住，尤其他似乎並不眞了解外表溫柔似水的愛妻若梅，原來有這麼堅強的意志。

他慢慢踩著樓梯走出戶外，扶著院落裡的橡樹樹幹，先站穩自己的腳步，其他的等明天再煩惱。明天過完，他還有無數個明天可以依賴。

此時樹頭一對大鳥，可能被他的動靜驚嚇，唰的一聲展翅飛向不可知的夜空。

第四章　金色的魚

下午三點，北國盛夏的八月陽光穿越樹林，在微風吹送下每片樹葉都像閃爍跳躍於伊利略湖中的尾尾白魚，搖著金光，擺著朝氣。若梅在電視上看過牠們，聽說因為冬天長，湖水冷，白魚特別肥美，油多肉嫩。陽光走過之路徑，萬物皆昂首仰望。最後陽光來到若梅與立群的新居，一個座落於靜謐西郊，美國人稱之為 townhouse 的上下兩層公寓，在廚房牆面，留下細碎晃動的光圈，為原本就夠明亮的廚房增添璀璨華麗。

若梅懷孕七個月了，挺著沉重的大肚子站在廚房。廚房與客廳設計是半開放式的，在水槽洗碗的若梅可放任她的視線，掃過客廳鵝黃色地毯，直直穿透落地玻璃門，瀏覽窗外油綠的草坪。以前住地下室，她眼睛要往上看，透過氣窗只看到草坪淡綠的莖部，眼神也只能跟著別人的腳步移動。現在她住到地面，清楚看到歷經天寒地凍的人們，在陽光普照下，個個心頭像長出了翅膀，如雲雀般追逐高懸的太陽。鏟草、油漆、烤肉、翻土、播種。種下風、植下愛，期待露水在芽尖晶瑩，期待暖風在枝頭催化。通常夏夜即使晚上九點多，燦爛彩霞仍在西天磨磨蹭蹭，捨不得離開這攝氏二十五度的溫煦與舒適，鄰居小孩子也捨不得上床，還在院落打球跑跳。

此時，若梅全身灑滿陽光，但臉色卻深鬱蒼藍。她瞪著眼前一條奇形怪狀、醜陋不堪的牛舌，等待來美國兩個多月，在樓上客房午睡未起的婆婆，給她上第一堂烹飪課。

若梅的視線在客廳地毯、窗外來回游移了幾回，盈盈草色似乎打開光燦的心，等待和她相會，她的眼神卻隨著路人的腳步而感到內心的茫然。現在新居的人口比以前念書時多了一倍，她卻反而眞正開始感受漂泊海外、舉目無親的孤單。

公婆初來乍到，若梅仍如往常躲在房裡，用閱讀塡滿立群上班的空白，用文字豐沛她待產的空洞。中午十二點，若梅宛如灰姑娘聽到夜半鐘聲，匆匆下樓，速速切洗，將冰箱現成的火腿、番茄、黃瓜、萵苣，在最短時間裡，料理出一盤生菜沙拉與三明治。

小時候，若梅總嫌母親躺在床上休息的時間太長，料理家務的時間太短。母親敷衍應付出來的飯菜，吃起來總覺有三分無奈的苦澀；現在，擺在公婆眼前的沙拉與三明治，也是若梅敷衍出來的，不知他們吃起來又會是什麼滋味？她不想和母親一樣，但最近攬鏡自照，卻總看見母親那張鬱鬱寡歡或煩躁的臉。

見面初期，若梅公婆爲維持良好關係而委曲他們的腸胃，客客氣氣地吃冷冷的三明治。在美國待久了，他們開始暗示、明示若梅，想喝點熱湯。若梅是天秤座的，注重人際關係的和諧，何況對方是她公婆，將來還期待公婆替她帶孩子，好讓她繼續博士班的學業，於是她就趕快微笑點頭，滾水下生力麵。然後再開罐頭鳳尾魚與醬瓜，配上省時的蔥花爆蛋，擺起來一大桌，看起來也挺澎湃。

或許公婆心中渴望的是溫潤的西洋菜老雞湯，或蓮藕燉排骨，但眼前這一桌，對若梅來說，已經是廚藝的某種精進，也是她人生的某種退讓。她以爲柔順不是羸弱，一次的軟化，不會有什麼影響。但有了一次的軟化，就會有兩次的好心，三次的妥協。在不知不覺中，她的立場有如土石流，節節敗退，更像是在一場賭局中押錯寶，難再抽手。除非輸掉自己才得走人，或許根本走不了了。

精明的公婆由改造午餐著手，完全不驚動白天上班不在家的立群。晚餐時刻他們在立群面前，從來不提已經有了改進版的午餐。吃了好幾次加料的生力麵之後，他們又苦著臉開始抱怨，說吃得好厭了，央求若梅再來碟炒青菜或火腿蛋炒飯之類。隨著公婆的胃口越來越東方，若梅留在廚房的時間也越來越長。

若梅的公公在一個漫長的午後，重複又重複地訴說完他過往的英雄史之後，話鋒一轉：「立群天天在外辛苦工作，不要下班回來都吃番茄炒蛋、蝦仁炒蛋的，改天讓他吃點好菜吧？」

公公這句話明明只是個疑問句，問問媳婦若梅的意見，怎麼第二天這問句就成了現在進行式。若梅更沒想到這所謂的第一道好菜竟是法式大餐「紅酒燜牛舌」。

公公以前在僑居地做官，遠離庖廚、遠離兒女，甚少過問家事。家中一切都由婆婆帶著兩個傭人打理，一個專門料理三餐，一個負責打雜跑腿，兼照顧兩隻貴賓狗。公公一輩子努力上班賺錢，下班應酬上司、同事，所謂家庭生活只是週日陪妻兒吃頓飯、飲個茶。對他來說，這也好像在上另外一種班。偶爾他陪太太晚上去看場電影，他的鼾聲總是大過電影院的音響。

「六十五歲的雷根還能當選美國總統，爲國家繼續奉獻，我和他同年齡，卻只能跟媳婦去超市買菜。」公公退休後初來美國，一切新奇，住久了，就經常如此唉聲嘆氣。

「家後面步行十分鐘有一個小賣場，您們若嫌悶，要不要去走走逛逛？」

若梅很熱心地介紹，「那裡有賣衣服的、有個簡單超市，角落還有個咖啡館。婆婆選購衣服時，公公您可以在咖啡館喝杯三合一，看看人，寫寫信啊。」若梅好心地做環境介紹，讓公公婆婆出去排遣無聊、抒發胸懷。她以爲這樣將公婆安排去處，也可爲自己保留更多的獨處時光。

若梅公婆發現這個新天地之後，幾乎天天都出去逛，每次回到家來，公公帶著好幾張餐巾紙上的詩作，客氣地請讀中文系的若梅過目。公公的七言詩一半是感嘆年華老去，懷舊之作，另一半都在讚揚媳婦若梅的賢淑。字字句句讀起來雖然窩心，但未嘗不是某種溫柔的綑綁，讓一心求自我發展，並不想做傳統賢媳，不想時間被家務霸占的若梅，頗有壓力。

眼前公公突然開出菜單，並用立群做擋箭牌，說他以前在家時多愛吃「紅酒燜牛舌」這道菜。若梅和立群結婚快兩年，自以爲甜蜜占有立群每一寸領土、每一分心思，她是世界上最了解立群，和立群最親密的人。怎麼她卻只知道立群愛吃她的「番茄炒蛋」、「蔥花炒蛋」，從來沒聽他提過什麼牛舌之類的奇怪東西。莫非立群有隱瞞她什麼？原來立群和他父母的關係才更深更長過她呢，若梅生出忌妒之意。聽公公一句話，如同被打個大巴掌，打得她滿面熱呼呼的，一時不知如何回應。

於是，泡浸過紅酒呈現褐色、彎彎翹起、外表還包了一層灰白粗糙疙瘩、若梅一輩子沒見過的怪物，就這樣出現在她眼前，讓她聯想牛隻反芻咀嚼時的口腔黏液，看著直噁心。她努力回想以前母親烹飪的日子。雖然母親平常病懨懨的，最厭煩那瑣碎又一再重複的家務，但每逢過年過節，她心情又好的時候，她的廚藝也是嚇嚇叫，紅燒黃魚、燙麵蒸餃、冰糖肘子、涼拌黃瓜絲、玫瑰花瓣與白糖餡兒的三角甜包……但從來沒見過她烹調過這麼噁心的東西！

若梅丟下原本要重讀的仙人掌出版的《非渡集》，要寫的航空郵簡，穿上圍裙在廚房站了許久，把婆婆吩咐的配料，胡蘿蔔、番茄、洋蔥、芹菜、大蒜、薑片都洗淨切好，放在以前她和立群去傳統市集玩射飛鏢、套圈圈贏回來的粗糙瓷盤裡，像是個餐廳裡的小廚，戰戰兢兢地等待大廚蒞臨指導。

開餐廳的人，從早到晚反覆滿足人類底層的生理需求，做出來的好成績都被客戶吃進肚裡，是若梅心目中最無成就感的職業。她寧可穿得漂漂亮亮去服飾店做銷售員，也不會去餐館做事。確實她曾在一家服飾店打過兩個月的工。彼時，她來美國念書一年了，為了磨練自己的口語英文，她央求立群週末開車接送她去百貨公司一家叫 Learner's Shop 年輕族群服飾店做店員，兼負責推銷那時候才剛推出市場的商店聯名卡。她打工的另一個原因是眞想口袋裡有點錢，免得在校園突然口渴想買罐可樂，都得向立群伸手要錢。她在臺灣時臉皮很薄，一舉一動都擔心別人的眼光，沒打過工。來到美國，失去所有的人脈，又尚未建立起任何新的關係，她是微塵一粒，是個誰也不認識的新移民，所以她沒有心理負擔，看到顧客進門，什麼也不在乎地笑面迎人：「May I help you?」她臉不紅，氣不喘地推銷聯名卡，還因爲立群幫忙拉公司的同仁開卡，讓若梅的業績獨占鰲頭，得過一次「每週之星」的獎勵。她當時頗驕傲，跟在大學時得書卷獎的感覺差不多。她在店裡練習英文，見到老外不怕開口，有錢賺就好。同時她見識了美國年輕人的消費能力。他們一次就可橫掃五件看中的衣服，沒有足夠現金付，沒關係，可以 lay away，就是寄放在店裡他們專屬名下，等有足夠錢時再一件一件地「贖」回家。

雖然若梅領的是最低工資，但至少每天可以身處明亮的環境，和漂亮衣服站在一排，不沾油煙不洗碗，比做餐館好多了。她一向愛追求形而上的豐富，認爲性靈應該在天空的雲舟裡流淌，經不起人間煙火反覆薰炙，必然昏昏然墜落地面，且發出令人心碎的絕望聲。

大廚婆婆終於睡醒下樓來了，若梅眼前一亮，怎麼裝扮得如此亮麗？不是要下廚指導她做料理？

只見婆婆身著一套墨綠剪裁合宜的褲裝，花色方巾在領口打著雙層蝴蝶結，那是出自一雙藝術家巧手的傑作。笨手笨腳的若梅常羨慕立群，總能將普通的禮物，用蝶衣、彩紙與捲著圈兒的細絲帶，輕柔幻化成一個不可名狀的企盼。原來這是來自他母親的傳承。立群母親來自富裕家庭，除了從小學聲樂，還有專業舞師到家裡訓練她跳國標舞。所以立群的兄姐弟妹，各個得自母親真傳，會跳舞，全家只有他們的爸爸沒有跳舞細胞，除了不肯低頭向媽媽學，還用一副輕蔑的口氣批評：「成何體統！」

若梅婆婆塗著豔紅唇膏的嘴張張合合，如以前在家中指揮傭人般，動口不動手地指揮若梅先在大鍋裡將牛舌滾水煮熟，撈出來後如何用手撕掉牛舌表面的幾層味蕾、筋絡，不准用大刀切，那可要損失好幾口瘦肉。撕乾淨白色的味蕾、筋絡、薄膜之後，才可將舌根、舌尖切開兩段，將配料加大蒜粒，一起放入燉鍋裡，慢火燜燒兩小時，燉個肉香脂豔才可收火。這兩小時若梅得隨時候在爐邊，不得走遠，看到鍋裡有浮油泡沫要一一撈起丟掉，並隨時測試牛舌之軟度，鮮度，保持舌根部分的油花，舌尖部分的濃香，隨時增添點醬料如老抽、如番茄醬，加點糖、酒，務必要燉出濃淡合一的鮮滋美味。

說完，婆婆和穿戴整齊、灑了好多古龍水的公公，滿面春風地走了出去，走進屋外一大片的陽光裡，剩下若梅一個人挺著大肚子站在廚房，有種被整個世界拋棄的孤單。她開始生自己的氣，幹嘛要介紹附近的小賣場給公婆，讓他們啥事都不幫忙、天天光鮮亮麗地往外跑。還以爲公婆不在家，自己可以獨享閱讀書寫的好時光，怎麼竟然是獨在廚房，烹煮腥臭的牛舌。她一番自憐之下，不由得懷念起遠在千山萬水之外，模糊於草色煙光裡的娘家，她懷念那個十八歲就想逃走的家，和從來就不喜歡下廚的母親。

她腦海逐漸空白，只有婆婆塗著紅色蔻丹的手指在她眼前揮來揮去。

窗外枝頭葉影彷如持續跳動著的金色的魚，若梅以爲會聽到魚身拍打水面，蹦出生命活力的聲音，但她什麼都聽不到，屋內一片死寂。牆面華麗的光圈，讓身側的冰箱黑得好似她未來的迷惘，深不見底。冰箱在陽光反映下，魔幻般成了一面鏡子，映照著一個弓著身，用大刀拍打蒜粒，並和手上白色怪物搏鬥的人影……那是誰啊？她側目斜視，一時認不出這穿著孕婦裝加圍裙，蓬鬆著頭髮，看起來比實際年齡老許多的邋遢女子是誰。那個女子在陽光退隱後失去面目，猶如荒原塵埃。

塵埃飄入她的瞳孔，瞬間她感到臉上一陣冰涼，淚水不知何時滑落下來。

第五章　逃不走的玫瑰

若梅新居屋簷下掛著兩盆從超市買來的鳳仙，她頻頻澆水呵護，看著它們開枝散葉，越開越旺，或許就像她腹中孕育的新生命。說或許，因為她不確定，她一直對自己腹中的生命沒有真切的認知，雖然她都固定跟立群去做產檢，學習拉梅茲呼吸，但她卻好像在修一門拿學分的新功課，表現好是她一貫做學生的天職，即使她已經離開了學校，脫離學生身分許久了。

若梅望著高高隆起的腹部，想像自己生了孩子的未來，會像舞臺的旋轉梯，一轉再轉，轉到舞臺中央，抑或走出燦爛？做母親後，青春自由會不會消逝無蹤？想到這，炎日下忽然有股涼意來自心底，才二十五歲的她，生命應如窗外花圃裡盛開著的天竺葵、矮牽牛與萬壽菊，在豔陽下爭先恐後展示季節新衣。現在她怎麼卻如夏日最後的玫瑰，孤立牆角，恐慌綺麗花瓣將片片凋落，拼湊不出整朵花容了。

這些焦慮沖淡若梅初懷孕時的憨傻與喜悅，她在四下無人時常自言自語：「只要孩子一生出來，得趕快逃，逃！」她很想逃到已經申請好的五十英里外的學校繼續深造。她像是對自己做了一番宣言，也像是對立群、公婆宣示回歸主權，這重複想逃的念頭如咒語般反覆，但這夢想彷彿離她越來越遠了。

小時候，父母一吵架，若梅就逃進書本世界，好像書本裡面眞的有黃金屋，還有顏如玉。次數多了，她好像最擅長在書本中過日子，應付考試最拿手，但一離開課本，她處處感覺陌生、無能，譬如如何和公婆相處，譬如孩子出生後如何照顧。

如果逃的日子不算人生，若梅的歲月經歷恐怕得大大減半。若說謊也是一種逃，那她可是慣犯，每次父母的戰爭中，她都得站在火線上，爲求提早結束戰爭，昧著眞心，站在母親這邊，像演戲般數落父親的不是，若梅眞正想說的是：「媽媽，你反正一言堂，想聽爸爸說什麼就直接『教』他，別天天考他，折磨他吧。」

經過幾個月的生活與觀察，她開始懷疑從僑居地來美國依親的公婆，一生習慣有傭人伺候，會幫她帶孩子嗎？

她把所有希望寄託於立群身上，反而迫使立群提早攤牌：「爸媽來了之後，生活開銷大增，將來寶寶出世後的奶粉、尿布，更不得了。我不可能有餘錢再供你去離家五十公里的學校住宿舍，念博士。再說，你也該看得出來，我爸媽不會替我們帶孩子的。」

立群的聲音一向溫暖，這回怎麼聽起來彷彿指尖劃過若梅的背脊，留下一道刺痛的冰涼；原來萬能的立群也會有無法解決的事情。其實若梅仔細研究立群的個性後，看出是他不願意要求父母幫忙。他把父母高高拱在大位上，是炫耀他自己成長、獨立、能幹的對象，要求父母幫忙是弱者，立群不做弱者。立群曾經告訴過若梅，小學時他參加童子軍小狼隊，初中成了正式童子軍，人生就以服務爲目的。搶先一步發現別人的需求，讓他產生優越感。高中才畢業，他自動跳出來記錄家中的收入與支出，協助父親節制母親花錢如水的習慣，最後接管家中的經濟大權，不但惹惱他母親，也多少得罪他大姐與大哥。但他知道父親是家中最有分量的人，他只關注父親的讚美，完全不察覺或不在意自己已經越線，傷了母親、大姐與大哥的自尊。從此他習慣在人生中爲了表現自我優越，經常不自覺踩別人的線。爲了要博得父親誇他一句能幹，他不惜付出超值的辛勞，不曾考慮過身邊人若梅是否也想跟著他一起付出這麼多。

聽到立群的攤牌，就快臨盆的若梅第一次意識到懷孕生子，不是件單純喜事，不是件自己沒搞清楚就可輕易遷就、配合、滿足他人的小事。越接近產期，她越覺得自己無知愚蠢，毫無警覺地跳入一個不知底端有什麼機關、不知要引領她走向何方的暗坑。但這領悟似乎來得太遲。脹大的肚皮縮不回去，腹中的生命拿的是單程車票，沒有回程之路。

以前，只要若梅關上心扉，任憑父母如何吵鬧叫囂，她都可以不爲所動，坐在房間燈下，爲聯考，爲達成自己生命目標而靜心讀書，即使母親在爭吵中擲向父親的一隻紅色繡花拖鞋不慎落在若梅打開的書頁上，她也面不改色；但現在，身在異國，一個尙未出世的愛的印記，怎麼就將她絆倒在自我追求的路上？

一扇門，不知何時橫梗在立群與若梅之間，將立群與若梅一個隔在門裡，一個隔在門外。若梅一向欣賞立群的務實與強勢，但有了隔門之後，她開始覺得務實的背後是不浪漫、不冒險，不嘗新；強勢的背後是寂寞、辛苦、拖累另一半。

才結婚一年多正陶醉在新婚甜蜜中的若梅，被立群遊說趕快懷孕，因爲沒有孩子的婚姻不夠穩定。她的避孕藥才剛停兩個月就懷孕了，立群志得意滿之餘，不忘損她一句：「在窗口望你一下，就能懷孕。」單純的她聽不出話中的揶揄嘲諷意味，還跟著得意地傻笑，覺得自己小腹內眞是片陽光普照、溫暖溼潤的沼澤，是孕育生命的好地方。

懷孕初期，若梅除了輕度的噁心、胃口有些奇怪外，倒沒有什麼害喜的狀況。她最聰明的舉動是想到回娘家的點子。她離開臺灣原生家庭到美國已經兩年了，孩子將來生出後，短時間恐怕不能長途旅遊，趁孩子尙未出世，該回去一趟。

過去兩年多她和家人除了靠航空郵簡互通音訊，就只能在每年春節時分匆匆忙忙打通國際電話，三分鐘的額度怎說得完一年的思念？聽太平洋彼岸傳來聲聲焦慮：「日子過得好不好？日子過得好不好？」這原該是最熟悉的父母親的聲音，怎麼聽來卻顯陌生？然後，沒講幾句重點，喀嚓一聲，線就斷了，時間已到。她必須像黑膠唱片深深烙印、反芻耳中殘留的餘音，才能熬到來年的春節。

立群不捨得和她馬上分離，向公司請休，由俄亥俄州護送她到洛杉磯，讓童心未泯的她飽遊迪士尼樂園。在遊樂中她第一次發現仰望終身的良人有懼高症，不敢陪愛妻坐雲霄飛車。他們還去了美國電影工業中心好萊塢、走日落大道、星光大道、看中國戲院、奧斯卡頒獎會場等。結果若梅對這堪稱世界電影業最密集的聚落相當失望。商店賣著千篇一律的明信片、T恤、太陽眼鏡、鑰匙圈，奧斯卡頒獎現場的中國劇院，因爲是二〇、三〇年代的建築，規模小，談不上豪華。是靠大家崇拜的偶像巨星如費雯・麗、克拉克・蓋博、瑪麗蓮・夢露等的光環，炒熱了好萊塢的神祕與崇高。所謂的星光大道，也不過是些手印印在窄窄的水泥道上，被來來往往的觀光客腳步踩來又踩去。若梅很努力地蹲在地上，壓低頭，才能和伊麗莎白・泰勒的手印合影一張照片。

遊飽洛城，立群和她一起飛到太平洋中的夏威夷首府。

十年前，若梅還是臺灣南部的中學生，下了好大的決心，才把存了好久的零用錢都拿出來，在小鎮唯一像樣的書店買了鍾梅音全彩的《海天遊蹤》。這本書在動盪的年代，在升學主義、惡性補習充斥的時空，提供若梅綺麗的想像空間，擄獲了她對異國魅力之心。這本書是一扇開向異國情調的窗子，開啓她對異鄉異域的好奇與追求。在書中許許多多的風景、文化、歷史建築裡，最最感動若梅的竟是夏威夷威基基海灘的落日。若梅當然沒有想到，短短十年時間，她就能圓夢來到人生第一個夢幻美地。

立群特別要帶若梅去當地馳名的國際市場（International Market Place）看當年他在此地打工的地方。去俄亥俄州留學之前，立群在夏威夷椰樹林下的國際市場打過半年的工。他老闆經營養珠生意，專從日本進口養殖珍珠蠔，放在小水族箱裡，讓遊客從水族箱裡挑選一隻大蠔，再由立群開出漂亮的養珠，鑲戒指或做項鍊。立群老闆有很多養珠攤位，但立群這一攤生意最好，可能因爲他長得高大討喜，手巧俐落，英文也溜，只見他穿著日式袍子，對著來往遊客高喊著 A-Lo-Ha ！許多老外大嬸特別喜歡光顧他的攤位。來夏威夷度假的遊客長者居多，女人尤多，許多姐妹淘都結伴而來，因爲他們的老伴去世了，才想到人生苦短，出來旅遊。他們本來只打算花五元美金買一顆養珠，當作來夏威夷的紀念。結果總被立群粲如蓮花之舌打動心扉，最後把一顆五元美金的粉色養珠，鑲在二十五元的戒指上，或純銀項鍊上。他們多花了錢卻心滿意足地戴走。

遊完國際市場，傍晚立群帶她在威基基海灘生火烤肉，慢慢欣賞鍾梅音書中的海灘落日。夜幕拉下來，到處燃燒起原始的火把，焦油煙味散發在椰影婆娑的空氣中。飯後他們去聽夏威夷在地名歌星唐・荷（Don Ho）唱他的成名曲“Tiny Bobbles”；聽他用烏克麗麗的松弦彈唱夏威夷風情的“Hukilau”，閒散優美；看熱力無限的草裙舞，看野性魅力的跳火圈。這個夏威夷，完全吻合若梅想像中的浪漫，尤其有英俊立群的一旁陪伴。（多年以後若梅舊地重遊，國際市場成了百貨大樓，唐・荷已站成一尊雕像。）

最後立群用連串熱吻結束十八相送，終於放若梅轉身踏上返鄉之路。立群的叮嚀在耳畔一路相隨，陪她回到朝思暮想的臺灣。

若梅當年的清湯掛麵垂直長髮已被燙成大波浪，一邊放在耳後，一邊垂在眼前，遮住半邊臉。她穿著立群在檀香山爲她買的 muumuu，鮮亮橙色爲底，配黃色的圖案，長及腳裸，剪裁合身，襯托她懷孕後小腹尚未突出，但腰胸都豐腴的身材。不但家人說她變得眞多，同學更說幾乎認不得她了，她比以前開朗，笑容多，話也多了。大家心目中的中文才女，言談間夾雜許多英文。她臉上化著妝，不僅打粉底，還加眼線勾勒眼睛，讓眼睛更明亮有神。若說以前的若梅如月下百合般素靜淡雅，現在她是變成豔陽下盛開的大理花，多了許多顏色。若梅母親尤其不習慣現在的若梅，一直說：「你那麼年輕，化什麼妝嘛！」若梅立刻回嘴：「我先生喜歡呀！」這絕不是以前若梅的作風，以前的她絕對沒有這個膽子。

回臺期間若梅要參加一位好友的婚禮，打算就穿這身夏威夷 muumuu，亮麗出場。結果，蔣總統在一個雷雨夜突然去世，噩耗傳出，全國陷入一片哀淒，軍公教人員要配戴喪章一個月，娛樂場所紛紛關閉，移靈日多少人穿麻帶孝的沿路跪拜，靈柩停在國父紀念館，萬人瞻仰。在這種氛圍下，若梅不得不在參加婚宴時披上黑色的長風衣，遮住了所有的顏色。

彼時，立群和若梅之間是零縫隙、相依偎，他們之間沒有隔著門。

那也才不過是幾個月前的事。

立群攤牌後看到困惑失望的若梅，好心疼，他從若梅身後用長長雙臂緊緊包覆著她的身軀，也包覆著若梅腹中的孩子，像個溫暖的大抱枕。他柔聲地說：「若梅，我並不是要你放棄前途，只是想請你幫我一個大忙，向學校申請延期入學一年，待孩子一歲以後，我一定想辦法解決問題好嗎？」

其實，立群心中難免納悶，當初若梅拋棄臺灣的一切，包括即將到手的臺灣碩士學位，不就爲了要和他團圓嗎？立群心有虧欠，卯足能耐呵護若梅，一人扛兩人的學費與生活費，咬牙呑下所有的苦汁，就爲回饋若梅爲愛的犧牲。還以爲若梅獲得美國碩士，可以補償失去臺灣碩士的遺憾，算功德圓滿，兩人終可以坐下來編織家的故事了。怎麼現在若梅對繼續深造的興趣遠大於和他共同生活？在她深造的藍圖裡，丈夫、孩子似乎都沒分配到什麼重要的角色？莫非他自以爲完全擁有若梅，其實並不眞了解他深愛的女人？

此時，若梅也好想反問：「你的父母閒得那麼難受，每日睜開雙眼，就想盡辦法殺時間，幫忙照顧孫子不正好可以塡補他們的無聊？你，爲什麼不開口求他們，就只勉強我做不喜歡又不擅長的事？我迷戀知識學習，帶孩子做家事都不用大腦，浪費我的人嘛！你爲什麼就要把想在天上飛的我關進籠子裡？」若梅曾經以爲自己集三千寵愛於一身，恐怕也不眞了解她深愛的男人。

立群怕他父母無聊，和他大姐、姐夫商量在附近商場租家小店面，經營副業。但做什麼生意好呢？立群想到當年在夏威夷國際市場學到的養珠手藝。於是他和姐夫拿錢出來共同經營養珠店。立群知道貨源，由他向日本訂貨，他還要訓練大姐、姐夫用尖刀開珠蠔硬殼的絕竅，免得刺傷自己。他給若梅的理由是增加家庭收入，其實他想爲父母找一個消磨時間的去處。但他父母各方面都無能力單獨顧店，白天靠大姐，晚上回家吃飯，店面全靠立群一人撐著。從此立群每天上兩個班，晚上九點半才筋疲力盡地由小店回到家。

在異鄉，立群是若梅的唯一。但現在，他每天只能撥十分之一的時間給若梅。

某個晚上，立群從養珠店回家，高興地從口袋裡拿出一顆七釐米的黑色養珠。他說今天有位小女孩挑到黑色養珠，她不懂黑珠的稀少珍貴，不肯要黑珠，硬吵著她奶奶再買一個。於是她在水族箱重新挑選一個較大的蠔，結果開出來是一顆比較不值錢的白色珠，小女孩開心地拿走了。立群將這黑色珠放在粉色小絨布上，在燈光下它表面銀黑，內裡閃著曖曖紫色與藍色的珠光，眞是漂亮。若梅看著好喜歡，但婆婆馬上開口：「我要，給我！」立群轉身把黑珍珠給了她母親，還拍拍若梅的肩頭，用哄小孩的口吻說：「下次有機會一定給你。」若梅笑笑，一語不發。小時候她總覺得自己站在家的邊緣，站在教室的框框之外，不屬於任何圈圈。自從認識立群後，她才有被深深納入的溫暖。但此時，她彷彿又被推入久違的框外。

原來，立群的港灣裡停泊了太多舟子，若梅成了灣中的小不點。

若梅當年只單點愛情，沒想到原來有家庭套餐，而她根本沒有吃套餐的胃口。她好想逃。但除了校園，她眞不知該往何處逃。

她習慣性地把想法都壓抑在內心，也不想逼迫立群衡量妻子與父母孰輕孰重。她一向討厭那矯揉做作又幼稚的經典兩難：母親與妻子同時落水，身爲丈夫的該先救誰？如果丈夫根本不會游泳，他能救誰！

立群怕若梅不熟悉美國環境，兩年來不訓練她開車。這種貼心呵護，成了若梅的大障礙，讓她在完全沒有大眾交通工具的美國中西部，成了一團綿粉，根本不可能完成她要離家繼續深造的夢想。夢想或許可被現實生活暫時綁架，但若長久，會不會只剩下一種生活？到底有些夢未必像火車，錯過一班，還會有下一班。

若梅覺得此時的自己有如算盤珠子，任人撥弄，根本逃不出框架。她再瞥一眼孤立牆角的夏日玫瑰，或許夜深露濃吧，花影更顯得消瘦。秋日到來之後，花容將片片凋落，它的感傷落寞無人能懂，只有將所有的憂愁隨著晚風，飄送給無星、無雨的夜空了。

第六章

夏日的火焰

俄亥俄州夏日的腳步逐漸攀上最高峰，家家戶戶的冷氣機都嗡嗡作響，社區游泳池裡的繽紛水球被大人、小孩拋來拋去，在半空中畫上彩色弧線，好似要爲北國短暫的夏日留下最燦爛的回憶，又好似在來回揮手，提前向大家預告，過了高峰期，俄州的好天將連同假日快速離去。

游泳池邊播放老歌 Cliff Richards 唱的〈夏日假期〉，這歌聲像一陣風，吹動若梅心靈深處的一串風鈴，她好像回到中學時代。這是她初中看過的電影《夏日假期》裡的主題曲，若梅已記不得電影裡的故事內容，腦海中存留的畫面就是青春加青春，豔陽、海灘、帥男、美女。若梅看這電影時正處於高中聯考的高度壓力下，與母親躁鬱頻頻發病時。電影結束後她一人坐在人都走光的空空戲院，喃喃自語：「爲什麼西方國家的少男少女可以過這樣陽光快樂的日子？而我們的晦澀青春要熬到幾時？」

若梅發現原來凍結在表面的冰原下，她有一顆火熱燃燒的心，追求玩樂的浪漫情。但讀書考試的高壓日子一直從小學的惡性補習延燒到她婚後兩年，已經制約了她所有有意識的人生，好不容易擺脫考試的日子才幾個月，她竟然開始嫌沒有挑戰性，懷念起校園生活了。

立群帶若梅去做最後的產檢，當醫生說生產可能會延期時，若梅開始心急。她仍抱最後一線希望，不管用什麼方法去學校，就是要十月初趕博士班開學。所以她遊說立群陪她去購物中心走走，想藉運動提早生產，她到現在還期待生孩子像卸貨一樣，她只負責生，生完就沒她的事了。

他們在購物中心添購最後一項嬰兒用品，放尿布、圍兜、毛巾的五斗櫃。爲了讓孩子如期生產，她故意幫立群一起抬五斗櫃，從停車場抬到家，爬二樓，抬進臥室。

立群長得高大，但他雙臂並不特別有力。他在青春時期，雖然愛跟同學開家庭派對，邀鄰居夥伴一起唱歌、搖滾，但他從來沒興趣跟夥伴練伏地挺身或單槓什麼的，聽說他在學校的單槓考試掛零蛋，一個也拉不起來。他的一雙手纖細修長，小時候，他外婆說他的手是抓筆桿、畫畫的手，他哥哥的手是抓炭的，讓哥哥很生氣。相形之下，表面看來文靜秀氣的若梅，因爲小時候在鄉下長大，愛爬樹、爬牆、玩滑竿、雙槓等，一百公尺賽跑她永遠保持女生班第一名，雙臂也孔武有力，所以她抬得動五斗櫃。

立群與若梅現在的臥房和以前大不同了，雙人床邊多了有欄杆的嬰兒床，粉藍色旋轉音樂吊飾會播放兒歌，可愛的大象、斑馬就在空中跟著轉圈，轉著未來嬰兒的童稚、天眞，也轉著未來父母的期望。鮮黃色的長頸鹿布偶、玩具電話，已經在床上等待他的小主人，床底下還有整箱的紙尿布。這些都是立群大姐與姐夫的朋友們送來的禮物。

大姐與姐夫送的是最大的禮，嬰兒推車，停在樓下客廳，蓄勢待發，彷彿在提醒若梅：「小寶寶要來了，新生命即將開始。」當然這也意味著某些舊風景即將結束，就如窗外豔陽，踏上最高峰後，就急吼吼地沉入地平線。跟著陣陣秋風吹起，人人將收拾起高高飛揚的心靈，慢慢沉澱下來，泳池將人去水空，只剩條條水紋倒映天空的一片灰。

應是抬重物有效，第二天清晨若梅感覺腹部有異，先有落紅，接著破水，孕育生命之泉就這樣溫溫熱熱地流了出來。穿好衣服原本要上班的立群馬上通知醫院，然後衝去房間，背起早早準備好的「生產包」，和他父母打了聲招呼，匆匆扶著若梅走去停車場。立群一向如大哥般照顧若梅，這會兒顯得比若梅緊張許多，車鑰匙半天插不進鑰匙孔，開車時嘴脣還微微顫抖。事到臨頭，若梅反而有種不知從何緊張起的感覺。

因爲破水，醫院安排若梅立刻入院，留在待產室，若梅陣痛尚未開始，奇怪隔壁、再隔壁的產婦怎麼喊得呼天搶地。有那麼痛嗎？

對嬰兒的出世，同住一起的公婆比若梅更熱切期待，「替嬰兒命名」是每天晚飯後的餘興節目。公公難掩其興奮之情，每天提出一張名單，如仲謀、仲傑、仲英等，還引經據典地說：「生子當如孫仲謀。」他給的名單上找不到一個女孩名，因爲生過五胎的婆婆曾仔細端詳過若梅的肚子，看前又看後，還要她轉身再轉身，彷彿在挑選母牛一般。最後下定論：「肚子尖尖向前隆起，身後看不到凸出的腹部，就是生男跡象！」婆婆還說，她小時候看過祖母替她父親選妾，因爲親生母親生了她這個女兒之後，就沒有下文。祖母在後花園用嚴厲的眼光掃過一個又一個女子的腹部、臀部，確定要選出能生育，又旺夫的女人，才配給她父親做姨太太。有了姨太太之後，她母親被打入冷宮，成爲閣樓窗簾後面的影子，悄悄偷看自己丈夫牽著新歡坐進福特汽車，外出應酬用餐。最後婆婆的母親四十幾歲就抑鬱以終了。

就因爲若梅婆婆認爲若梅會生兒子，惹得一向對若梅不錯的立群大姐生氣了。

當年大姐因頭胎生女兒，高高興興帶著女兒由美國回僑居地拜見公婆，結果遭白眼相待，全家共餐時，大姐和女兒都不得上桌。立群的大姐從小念教會學校，二十歲赴美留學，哪受得了這樣的傳統，她好幾年走不出這個傷痛與憤怒。直到替夫家生了個白胖兒子，受到肯定，才重新洗刷「恥辱」。現在她娘家母親身爲若梅的婆婆，理當趁機趾高氣揚給若梅一點顏色看看，讓新媳婦受點罪，就像當初她受的罪一樣。偏偏她母親不擺婆婆的架子，在媳婦若梅面前盡挑好話說，一心討好的模樣，大姐看了就一肚子氣，將原本在她華屋裡度假的父母，請回立群、若梅的小公寓裡，讓大腹便便的若梅去伺候。

立群的大姐與母親，過去就有不少情結尚未解開，現在，爲一句話又多了一筆愛恨情仇。當婆婆氣呼呼地說，以後再也不去大女兒家住時，若梅心一沉，手上端的盤子也更重了。

若梅一再請求，婆婆才勉強在新生兒命名遊戲中搪塞了幾個女孩名應景，公公則堅持己見，不取女孩名。他迷信，說取了女孩名就會生女孩。

若梅在娘家排行老二，哥哥尚未娶妻，遠在臺灣的父母第一次升格爲阿公阿嬤，特別興奮地送來一些男生、女生名字，但一再低調叮嚀：「僅供參考，一切以婆家為重。」若梅在雙方父母提供的諸多名字中，意外找到一個交集：「仲傑」，未來兒子的名字就是它了。她巧妙地避開男尊女卑的潛規則，滿足她自己內心的標準。至於女孩名，她選父親送來的「天麗」，反正公婆完全不在意孫女的名字，而天生麗質該是父母對女兒最好的期盼了。她喜歡。

陣痛尚不嚴重的若梅，躺在床上讓思緒自由飛翔，唯一尷尬的是久不久就有年輕又帥氣的實習醫生，輪番進待產室，關心她的開指進度，掀起她的被單，注意她的下方做指檢，說著若梅不懂的數目字，讓若梅成了公開展示的某種研究物件或項目，更「糟糕」的是他們的聽診器在若梅高高隆起的腹部來回幾趟之後，異口同聲地說：「心跳得快，一定是女孩。」

難道經驗豐富的婆婆眼光失了準頭？難道千年來的統計經驗敵不過一個金屬圓頭加兩根橡皮管的聽診器？西方醫學會贏過「清宮生男生女推算表」嗎？懷孕初期，若梅住加州的表姐寄來了一張清宮生男生女推算表，用陰曆找出自己受孕時的年分、月分、與自己歲數，就可推算出嬰兒是男是女。表姐說她用在自己與朋友身上都很準確，這是華人的經驗統計學。若梅半信半疑地按表操課推算出來，她生男孩。

若梅開始擔心，如果生個女兒，公婆的態度會不會立刻轉變？立群呢？

她又生自己的氣，什麼年代了，怎麼還是擺脫不掉古文明留下來的封建思想？女人怎可歧視女人？女人怎麼就得在傳統男人制定的規則下討生活呢？

醫師看若梅進度很慢，怕產婦與嬰兒感染細菌，決定打催生針。這一針打下去，陣陣脹痛有如波波海浪，自不知名的遠方洶湧襲來，此刻，她似乎才從一直不夠眞實的夢中驚醒，第一次深刻感受腹中靠臍帶相連的，是她的生命共同體，她創造的胎兒是個活生生的生命。原來，分娩是要將兩個合而爲一的生命硬生生地拆開，撕裂，要先將母親置之於死地而後才有新生命的誕生。若梅眞有如面臨死亡前的極端痛楚，她想起小時候在教會裡曾聽過〈有死才有生〉這樣的詩歌。孩子的生日眞是母親的受難日啊。

若梅痛得混身無力，一句都喊不出來，隔壁、再隔壁的產婦，又傳來一聲聲的嚎叫。好幾個小時了，她們哪來的力氣啊？

立群提醒她做拉梅茲呼吸，用有效的深淺吸氣、呼氣、放鬆，來抵抗子宮收縮的壓力，但似乎對疼痛無啥幫助，不過是轉移注意力吧。最後還是要靠局部止痛針協助，梅若才從疼痛的煎熬得到短暫的喘息，不知這關鍵時刻還有拖延多久，這般痛眞是讓人受不了，絕對不再生第二個小孩了，若梅在內心這樣發誓。

護士開始遊說立群進產房，鼓勵他和若梅共同經歷孩子出生的神聖片刻。這在七〇年代來自東方世界的他們很突兀，立群一個勁地推辭，說他看見血，會暈倒，這也是若梅第一次知道，強壯如大樹，時時保護她的立群，有許多脆弱的地方。

若梅在最後對痛投降，選擇無痛分娩，但只用半身麻醉，她要保持清醒地見證孩子出世的全部過程。

若梅開指超過四公分了，終於被推進產房，立群也被說服陪同進了產房，坐在若梅床頭位置，護理長在床腳架設大大的圓鏡，那角度被調了幾次，確定想看的、不想看的，都不會錯過。老外婦產科醫師、護理長，開心宣布若梅應該會生個漂亮女兒，所以接生的小毛巾、毯子清一色都是粉紅色。

立群在若梅耳邊輕輕說：「沒關係，沒關係，生女兒也一樣好！」一個「也」字，讓若梅確定生兒生女真不一樣。醫學再進步，生產過程對母親還是種冒險，但目前這緊要關頭，新生命的性別似乎比產婦的安危，更值得大家關注。

護理長用一根很長的針刺入若梅脊髓，打半身麻醉後，若梅終於沒有任何疼痛了，分娩成了護理長的工作，只見她滿頭大汗努力地推、擠，並高喊：「配合子宮收縮用力往下擠，再用力！」若梅滿臉脹得通紅，但其實因爲麻醉使不太上力。她聽醫生說：「嬰兒頭太大，要再剪、再剪。」無疼痛感，但有刀剪聲，有動作，她知道那是皮開肉綻了。若梅看鏡子，像在看一齣血淋淋的戲。

「頭出來了，看到臉，很秀氣，是女生，女生……」醫師歡愉地宣布。

好一段沉寂，若梅聽到自己心臟與太陽穴突、突、突跳動的聲音。立群低下頭，伸出手用力握住若梅的雙肩，若梅感覺這會兒需要支持協助的好像是立群。

「嘎——怎麼會是個男生？」醫師與護理長意外驚呼。

這個意外的男嬰沒有發出任何哭聲，若梅正擔心害怕，護理長一陣拍打，「哇——」新生兒發出生命的第一聲了。

「恭喜順產，但我們來不及換，只能用粉紅毯子包起這個小男生囉。」

東方的古文明戰勝了西方的新科技。若梅長長地吐了一口氣！

或許太過緊張、焦慮，立群一鬆懈，整個頭幾乎跌到若梅的枕頭上，若梅看到一行清淚，滑下他的臉頰，落在她的臉龐上，和她滿臉的汗珠與激動的眼淚，合體了。若梅緊緊握住立群的手，放在攙和有汗水與淚水的臉頰旁，一陣癱軟席捲若梅。

窗外的夕陽由金黃而琥珀，逐漸轉紅、逐漸轉紫，俄亥俄州八月夏日的晚霞，正璀璨如煙花，為迎接新生命，在天邊一朵一朵地燃燒起來。

第七章　洞裡的節日

素貞來自香港，一頭俐落的短髮，襯托出她尖尖的下巴；如菱角的嘴脣邊有顆能吃四方的小痣，遠看是黑色，近看卻泛點紅，爲她增添某種俏皮；臉上不施脂粉，素顏清爽，就像她線條簡單的衣著一樣。

她和男友柏南交往一年多，男友就申請去美國俄亥俄州辛辛那提留學。兩人隔著空間，隔著時間，僅靠航空郵簡，斷斷續續地維持彼此的相思。務實的素貞知道青春多岔路，長此下去再醇厚的濃情，終將被幾場春雨洗淡如水，再黏的情人終將水泥分流、兩散天涯。所以她熬到五專商科畢業就急奔美國找柏南，在柏南學校不遠處找到一個社區大學，並用學生身分掩護非法打工，以維持生計。她在中國餐館負責收銀、帶位、兼外賣。她外向、隨和又擅交際，短短時間就和許多顧客熟稔，尤其是愛吃中國菜的猶太人。

柏南個子不高，長得很斯文，是個會念書的人，靠獎學金念完電算碩士，順利找到工作，拿到美國綠卡。此時素貞未滿二十二歲，尚未拿到大學文憑，爲了抓緊幸福，也爲了盡快用依親名義取得綠卡與工作權，就和柏南提早結婚，名正言順地拋開讓她頭疼又無實際幫助的課本，成了正式且合法的上班族，在一家猶太人開的報稅公司當小職員。

「被上帝揀選」的猶太人，在美國社會政經地位頗高，但某些方面他們和華人習氣相通，譬如買電影票時，會和排在前面鮮少來往的同事勾肩搭背，熱絡地聊兩句，就順理成章地插了隊，省去排隊時間；去餐館，先在帶位的人手心塞點小費，說預訂了最好的位子，就大搖大擺地走了進去；他們對金錢尤其精打細算、運用靈活，動個腦筋轉個彎，就可遊走於制度之外、法律之內，賺了大筆銀子。素貞在猶太老闆的調教下，沒多久，她能爲顧客想出各種省稅絕招，在公司裡表現不俗。

但下廚料理不是素貞的強項。她在家中排行老么，或許因爲姐妹多，雖然吃慣紅燒肉、醃篤鮮等上海菜與白切雞、腸粉等粵菜，卻從不會做。柏南也是個被賢慧母親伺候大的兒子，總把豆芽叫銀芽，因爲他沒見過有豆頭或有鬚根的芽菜，他只吃過雪白中段。

兩個人來到美國，如兩棵已經長成的樹，被連根拔起，先忍受撕裂之痛，再沾上泥土，重新栽植，並以思鄉之淚灌溉夢想而得以發芽成長；長住下來後他們才發現在黃金大國的新移民，都處於白人主流社會的邊緣，如山溪小魚，必隨激流衝撞無數岩石，遍體鱗傷，才得匯入大江大海。柏南與素貞他們在谷底，尋天梯，找出路，踩著自尊、踏著寂寞，攀緊膽識、抓牢毅力，一步一步地踏階、拉索、往上爬。兩人歷經語言與文化障礙，種族與膚色歧視等連番鍛鍊，拋棄細緻生活，更改舌尖味蕾的要求，婚後總以漢堡、炸雞等速食解決民生問題。念電算又生性節儉的柏南，上下撥弄計算機，發現外食比自己烹調更划算。這一撥弄，撥出他婚後長期外食的人生。於是，他看見下班後在起居室玩拼圖、黏模型的素貞，從不抱怨，任她拼湊尚未泯滅的少女世界，心甘情願地啃著條，享受不用洗碗的輕鬆。反正新移民沒有人脈和社會關係，住在郊區沒任何活動可參加，沒什麼朋友可探訪。兩人現在雖都有工作，但歷經新移民叫天不應之無助，已習慣過節省的日子，除了麥當勞，Church 炸雞等速食店，捨不得坐在眞正的餐館吃燭光晚餐。他們存出一筆錢，買了不小的房子。除了有正式的客廳，還有自家人看電視的起居室。餐廳裡擺著碗櫃、原木餐桌，在廚房裡另外有家人平日吃飯的小桌子。柏南、素貞兩個人各占一間臥室，外加一個書房。大部分的地方都整齊有序，完全沒有生活的痕跡，似乎只是擺著好看，從來不用。

柏南躊躇滿志地望著客廳的皮沙發，廚房裡雪白晶亮的廚具與電磁爐，覺得在美國好不容易熬出頭來了，日日外食，未嘗不是某種成就的代表，更有脫離新移民標籤的欣喜。

但隨著歲月涓涓流逝，柏南的心不知被什麼啃出一個小洞，如失修的水龍頭般滴漏，漏走的不只是他的青春，還有他對婚姻的滿足。他覺得自己好像住在井然有序但不具功能的樣品屋裡，別說廚房沒有人間煙火，連客廳的沙發也呆坐在不變的凝滯裡，空空等待不會來的「果陀」；他雖一再添補家具，卻總覺得某些空隙永遠塡不滿。後來他在家百無聊賴轉換電視頻道之際，看到一個昏黃燈下全家五口圍桌吃火雞大餐的熱鬧畫面，他才恍然大悟，他家中缺少的是孩童的喧鬧與歡笑聲。似乎唯有那在空氣中跳躍的流動音符，才能彌補他心中的裂縫。他等待的「果陀」是孩子。

頭腦靈活的素貞雖在公司做個小職員，卻勤勉努力，經常爲公司義務加班。她的直接主管爲鞏固公司裡少數民族的名額，應付政府的規定，特別用心調教並提拔既是黃種人，又是女性，擁有雙重「弱勢」、「少數」身分的素貞。當柏南覺得屋宅空曠越來越無人氣的時候，素貞卻越來越有勁地在公司當個小主管了。

從不要求素貞下廚做羹湯的柏南，一再用眼神傳遞渴望，在言語暗藏訊息，頻頻送出要爲波瀾不興的家庭注入活水的念頭。他盼望在愛的新生命裡複製兩人的眉宇與形貌。剛結婚時，素貞是太年輕了些，兩人的經濟也不穩定。如今大房子都買了，二十七歲的素貞也不算年輕，柏南就催得更緊：「你到底什麼時候才讓我當爸爸？」口氣中已明顯透著焦躁。

素貞從她的手工模型裡抬起頭來，不假思索地問：「說得容易，孩子生出來誰帶？」

柏南不解：「你在外頭做了那麼多年事，還不夠嗎？我現在的收入養家不成問題，你就辭職在家，享受幾年生養孩子、做少奶奶的日子啊！」

「少奶奶，多好聽的名詞，其實不就是奶媽，菲傭？天天在尿布奶瓶中打轉，腦子會生鏽吧。」說著，說著，素貞心房突然成了火宅，開始抱怨柏南擔任電腦系統工程師，太過認眞，經常半夜被公司呼叫，去解決緊急狀況，不但自己生活晝夜顛倒，亂了次序，也影響枕邊人的睡眠品質。

「你晚上經常不在家，我們又怎麼生小孩呢？」兩個人你一言我一語，互相推諉責任。結婚多年，夫妻日夜緊密相處的生活，沒有醞釀出一壺香醇美酒，反倒將當年刻骨相思的煎熬，化爲今日嘮叨瑣碎的抱怨。

柏南在內心長嘆了一聲，他不善言辭，放棄爭吵，再度將自己對孩子的渴望，硬生生地吞了回去，只是結婚已經多年的他，第一次感受硬吞的鬱結不會消失，它只是哽在喉頭，上下不得其所。

越得不到的事物越顯珍貴，柏南越發羨慕起公司另一位華人同事，結婚才五年，但已經有個兩歲多的兒子了。柏南是在公司的年度聖誕派對裡，難得發現有這位年齡接近的華人同事，不知他來自何方，但會說粵語，真有他鄉遇故知的驚喜與安慰。

俄亥俄州辛辛那提在美國中西部，不像美國東岸的紐約、華盛頓，或西岸的舊金山、洛杉磯那樣吸引華人移民或留學。目前居住此地的華人，多半年紀稍大，是早期東西兩岸的名校博士，被航天航太工業吸引來的。這些華人博士們若非菁英，不會被這樣的大工業選中，他們又都是學者型的人物，自成驕傲的小團體，看不上在汽車界工作的年輕人。所以柏南雖然來到俄州好幾年了，但從不認識這些華人。他只和幾個公司老外同事熟，完全沒有華人朋友。

聖誕節前一個禮拜，柏南工作的汽車公司，舉辦家庭聖誕雞尾酒會，包下酒店一個宴會廳，準備各色小點心，布置了聖誕樹與彩色燈飾，請來樂隊現場演奏聖誕歌曲，還有聖誕老公公到處發糖果、小禮物給員工的小孩，攝影師用拍立得負責替大家跟聖誕老公公合影。就在這散發愛心與付出的喜慶時刻，兩個黃面孔同仁，在大部分白人，少部分黑人的美國大公司裡，第一次意外相見，除了親切溫暖，有更多的惺惺相惜。他們彼此最知道，身爲黃種人在滿眼白黑世界裡打拚是怎麼一回事，是什麼苦滋味。尤其當柏南看到面紅齒白、身體結實的兩歲小男孩，忍不住蹲下身來，熱情擁抱他，好似擁抱夢中已見過無數次的自己的孩子，捨不得放手。

被摟得有些透不過氣來的小男孩，身穿一襲外婆從臺灣寄來的寶藍色中式長棉袍，頭戴瓜皮小帽，坐在聖誕老公公的大肚腩前準備照相，在裝飾得紅紅綠綠的洋人傳統節日裡，在一群穿著小西裝或小禮服的金髮孩子中，他相對顯得特別突出。只見他小手相疊，放在身前，滿臉笑容，擺出老成的姿態，卻用嬌嫩童音，國語、粵語、英語三聲帶對著他父母說：「快點來照相！FAI 滴雷影像啊！Hurry up！」他快樂邀約正忙著和柏南夫婦聊天的父母一起入鏡，和聖誕老公公合影。他聽到媽媽在自我介紹：「我係 Jennifer，從臺灣雷閣。」那叫 David 的叔叔很驚訝地回應：「嘎！你是臺灣人？怎麼會講廣東話？很流利耶。」

小男孩和他父母照相的時候，柏南停下腳步，貪婪地一再凝望，像欣賞一尊藝術品，雙眼更如盯緊花朵的蜜蜂，怎麼都移動不了。他的視線透過小男孩的瞳孔，一個橢圓形的黑洞，穿越幽暗狹窄的甬道，豁然開朗，來到春華遍野的異想世界，那兒有承繼他血緣印記的兒女，在芳草地上跳躍嬉笑，和他捉著迷藏。看著看著，柏南嘴角上揚，開心地笑了……

於是，他走進初相識的一家三口，熱情邀約他們來家中過節。他想像小孩子會如一道金光，一條小河，流進他死寂的家，這樣家才會有過節的氣氛。就算是鑿壁借光吧，柏南渴望借他人的柴火，在細雪紛飛的黃昏時刻，熬煮一鍋人間天倫……

素貞準備的聖誕晚餐是現成的大塊火腿，一些煮熟的豆子、綠花椰菜、配洋芋泥，外加甜點蘋果派，就是完整的美式大餐。柏南興致高，開了一瓶法國波爾多葡萄酒。這一切在水晶燈的映照下，襯托出美好又溫暖的美國節日氣氛。飯後，柏南素貞為小男孩準備了聖誕禮物，一盒拼裝成挖土機的樂高。

柏南被一股寒意驚醒，發現自己的頭沉重不已，身旁又不見素貞，莫非假日她還跑去加班？柏南無奈地搖搖頭。哇，頭好痛。

高高升起的太陽已驅走昨夜借來的光。他腦海中只剩一片如電視收訊不良的黑白顆粒。他努力回想昨晚的情景，畫面如幻似影，忽隱若現……

壁爐中的柴火伸著誘人的火舌，燒得正旺，家好溫暖。餐桌杯盤狼藉，剩菜不多，小男孩中文、粵語都講得很好，愛吃洋火腿，洋芋泥，蘋果派。他說：「媽媽只做中國菜，飯後除了水果，從來沒有甜點，不好吃。」

「除了聖誕節，媽媽最愛過中國春節。」

「我喜歡收紅包，吃水餃，但其他中國菜都很奇怪。」

柏南心想這看來長個華人臉的小男孩，胃口已十足美國化，和他父母不同。

酒杯中尚存一點殘紅，微醺中柏南懷裡抱著人家的男孩，想像生命在女人的子宮裡應該就是這樣被溫暖地包覆著。男孩的小手一面抓住他的領帶，像是抓住維繫生命的臍帶，一面表演兒歌：「小老鼠，上燈臺，偷油吃，下不來……」最後男孩洋洋得意地在唱結尾「嘰哩咕嚕滾下來」的後面，增添他自創的結局：「回家找媽媽擦藥，貼個 bandaid 就好了。」然後是一連串如天使般悅耳的笑聲。柏南哪聽過這樣好聽的聲音，他的心在溫暖中，感動中，又有匱乏空缺碎成片片的刺痛。

接著小男孩用粵語唱「月光光，照地堂。年三十晚，摘檳榔。」這是小男孩的阿嬷在他家住了兩年多唯一教他唱的四句廣東兒歌。這首童謠柏南倒是很熟悉，就帶著小男孩一起拍手一起唱，好像回到兒時他跟母親學唱的快樂時光。柏南以為女人都會像他母親一樣的溫柔愛小孩。

酒未醒，夢也未醒，柏南雙臂仍抱成個圓，但，現在是個空心圓。

四周如日常，安靜空曠，有朦朧的黑與冗長的白。他坐起身來，凝視失去亮度與溫度的家，一不小心，他覺得自己翻身跌下了床，如顆石子般翻滾於漆黑的洞裡，不停地墜落，墜落……他耳邊似乎聽到樹林間的風聲，咻——咻——咻——。他心頭在閃電，以為有什麼要結束，又有什麼要開啓。最後他從白雪皚皚的冬天來到桃華灼灼的春天，他跌到洞外一片良田美地上，山隱、水清、葉綠、花紅，顏色繽紛燦爛，一堆孩子在桃樹下玩耍。只是他一時彷彿見不著素貞，也找不到通往愛之路了。

第八章　子午線上的沉沒

立群和他父親都坐在緊鄰廚房的餐桌旁，等著母親端出晚餐。

一生甚少獨自掌廚的立群母親，因爲媳婦若梅剛生產完，全天候照顧那夜夜啼哭不睡的嬰兒，而且傷口大，醫師囑咐要好好休養，沒有體力與時間再操持家務，立群母親不想回去已經沒有兒女的僑居地，而在美國的其他兒女們沒人主動邀請他們夫妻倆去長住，只有勉爲其難地在立群家張羅四個大人的三餐。

長長的風從起居室的落地窗吹了進來，吹涼了季節的暑氣。焦糖色的夕陽淋了立群一身，但他臉上沒沾上太多幸福，反倒是呵欠連連，眼眶裡布滿了血絲。

若梅從樓上下來，仍穿著一襲睡衣，手上拿著好幾個嬰兒吸過的奶瓶，她一頭曾經烏黑油亮，像瀑布般傾瀉在兩肩的長髮，現在是胡亂地被橡皮筋紮成個鬆垮的馬尾，隨著步伐在腦後沒精打采地搖晃著，顯得她臉色更加憔悴。

三個禮拜前她剛生產完是晚上六點鐘，被推進病房，年輕小護士馬上送來一杯加了冰塊的嫩黃鮮橙汁，她搖了搖玻璃杯，冰塊在杯中發出清脆的撞擊聲，就如小護士輕脆的聲音：「斜躺在床上用吸管慢慢喝，記住十二小時內，頭不可離開枕頭，免得種下脊椎注射後的後遺症。」雖然若梅是個生活白痴，她仍然知道按東方傳統，產婦絕不能吃喝冰冷食物。看來西方世界沒這個禁忌，若梅身邊沒有長輩監督，又極度口渴，顧不得那麼多規矩，她本來嘴饞先淺嘗一小口，後來實在忍不住，乾脆放開心，如飲甘泉，讓齒頰間的汩汩清甜洗去一天待產、生產的痛苦折磨。或許因爲脊椎半身麻醉尚未退，她現在不覺得有任何疼痛，喝完果汁一派輕鬆地環顧病房裡的設備，電視、沙發、床頭櫃、衣櫥、浴室，應有盡有。在美國過兩年新移民的苦日子，除了有一回立群打工老闆送他們結婚大禮，去芝加哥住蜜月套房之外，她沒住過旅館。現在託無痛生產之福，住醫院有種住旅館度假的感覺。第一次住美國醫院，感覺良好，更眞正體會到立群擁有MBA學位，進入大公司工作的好福利，和以前兩人在社會底層打工的日子大不同了。

第一個來病房探望若梅的是立群研究所華人教授professor Dawn夫婦。一進門他們有些意外：「若梅你住單人病房？眞高級呀！」怪不得若梅有度假的感覺！湯教授是出生在美國的上海人，風度翩翩，全校唯一的黃面孔教授，在商學院教立群市場學，他常自嘲自己是根香蕉，外黃內白。他夫人來自臺灣，當年應是一個嬌嬌美女，現在做保險業務兼顧家庭、女兒，一眼看出她的幹練俐落。他們在若梅婚禮中代替若梅缺席父母的腳色，引領她走過紅地毯，後來就一直在人生路上照顧若梅和立群。他們家中宴客時也從不忘記把兩個學生請過去。某次，立群吃飽後幫忙洗碗時迸出一句：「你們那位講上海話的朋友年紀應該有點老了！」湯夫人笑笑回他一句：「年輕人，四十出頭的人哪能叫老？你再過幾年就懂了！」

若梅出院時醫護人員一再叮嚀她天天洗頭，甚至建議最好將長髮剪短，因爲長髮細菌多，容易汙染嬰兒。一片烏雲飄過若梅心頭，她瞄了一眼那又高又壯，頭髮剪得奇短，沒有絲毫女人味的護士，心想，長髮是女性嫵媚迷人的象徵，怎麼能和細菌劃上等號？我當了母親難道就再不是女人？就不能做女人？我才二十幾歲耶！

若梅如臺灣當年的所有女生，熬過中學漫漫六年的嚴格髮禁，考進大學後的第一心願，就是留一頭飄逸的長髮，那是青春無敵，是女孩的性徵。剛巧立群也是個長髮控，戀愛期間他愛用手指從頭頂慢慢滑過若梅的髮梢，口中直誇過肩直髮最能突顯她的清純。

怎麼剛做母親，那代表女性魅力的長髮就由高不可攀的地位跌落山谷？莫非清純也不再是優點，身爲母親就得堅強偉大，要清純何用！女孩和母親不過一線之隔，一日之隔，怎麼竟如天際線劃分世界爲天爲地，如子午線劃分時間爲晝爲夜，眞要切得俐落，斷得清楚嗎？「長髮該剪去，那三千長髮曾依附的過往歲月也該切割乾淨嗎！」若梅很想頂回幾句，但想想要翻譯成英文，句子那麼長，自己英文沒那麼棒……算了。

在飯桌上婆婆問立群怎麼那麼疲累。

「孩子晚上不停地哭，吵死了，睡得斷斷續續，白天還要上一天班，怎麼不累？」立群有些煩躁地回答。

在一旁的若梅想插嘴說：「孩子吵歸吵，睡在身旁的立群並沒被吵到，因爲我一向淺眠，總是第一個跳起身來，將嬰兒抱在懷裡，匆匆下樓，餵配方奶，眞正被吵得整晚沒睡的是我！」

但婆婆接話的速度比若梅的思緒還快：「唉呀！你這賺錢養家的人身體最要緊了，可不能蠟燭兩頭燒，趕快搬到樓下客廳去睡，孩子的哭聲就吵不到你了。」

婆婆根本有備而來，她的關心問話純粹只是鋪哏，答話才是她的重點。接著她還小聲多說了一句：「剛生完小孩有惡水，別太接近了。」

若梅只知道「窮山惡水」、「上善若水」，沒聽懂婆婆說什麼。只以爲心疼兒子是做婆婆的正常心態，至於媳婦產後三週有沒有睡過覺，當然不在她的關心範圍內，所以她吞了吞口水，沒有回應，也沒放在心上，更不懂得去撒嬌邀寵，說最辛苦的是媳婦啊。她從小在娘家，和自己母親就有距離，從不撒嬌，不敢，也不想，何況婆婆還是人家的母親呢。

餵完奶，將有些昏沉要入睡的嬰兒輕手輕腳放入小床，就怕特別敏感的嬰兒會驚醒，趕快送上催眠曲與輕輕的拍打。拍著拍著，嬰兒沒睡，倒是身旁的大人已經被催眠，鼾聲大作起來。

立群下班時，公婆搶著開門迎向他，若梅只能像個外人被擋在公婆身後，淡淡微笑，先含蓄地嗨了一聲，期待立群熱烈的回應。立群或許要在父母面前端架子，表現自己眼中並非只有太太，所以他竟也只淡淡地嗨了一聲回應，視線沒多停留在若梅的臉上，忙著熱切地和公婆打招呼。似乎忘了往日他倆的擁抱，與眼神中的纏綿。

若梅耐心地等著，等吃完晚餐，等清完廚房，等他和公婆聊完天，等餵孩子喝完十點半的配方奶，等幾乎整晚沒和她說過什麼話的立群……

等到最後，只聽到起伏的鼾聲，爲漫長的一天下了最完美的句點。若梅覺得拍打嬰兒的手，如千金錘那般沉重。

她以爲立群和她一樣在等機會單獨相處，以爲立群是不好意思冷落父母。漸漸地，她發現立群根本樂在其中，樂在大公司的事業，樂在飯後燈下抱著嬰兒和他父母一起看電視的天倫。

男人是持弓射箭的獵人，總要捕獲獵物凱旋而歸才是眞正的勝利者，立群，現在是豐收的獵人了，他的新版圖裡上有父母，下有妻兒，是該志得意滿的時刻。而女人一旦成了別人的獵物，就完全喪失自己的領土。在立群擁擠的版圖裡，每個人似乎都適得其所，只有若梅格格不入。

十二點，晝夜的分界點，鐘面上長針、短針重疊，一條細得看不見但確定存在的子午線，輕輕劃過宇宙，散發某種魔幻力量，它在童話世界裡曾準時喚醒陶醉王子懷中的灰姑娘，現在它準時喚醒喝過奶不過兩小時的嬰兒，大聲啼哭，剛打了個盹兒的若梅，一時沒回過神，嬰兒的哭聲立刻由普通分貝提升到歇斯底里般的嚎叫。「眞是個沒耐性的孩子。」若梅輕輕嘀咕，來不及穿拖鞋，急急抱起他來，就怕吵到立群。

檢查尿布，還好，「難道又餓了？」醫生和育嬰手冊上都清楚指示每隔四小時餵初生兒四盎司的配方奶。剛才她希望孩子早點睡，已經暗地裡動了手腳，多餵了一盎司的分量，看來心機白費了。總不能馬上再餵吧？會把孩子撐壞？會吐奶吧？

以前，若梅的人生都在書本中度過，是生活白痴，現在身邊沒有任何有經驗的娘家人、或閨密、或資源可以請教商量，捧著哭得臉孔通紅、幾乎喘不過氣的、挺嚇人的嬰兒，她慌了手腳想要向過去照顧她如大哥哥般無微不至的立群求救。她轉過身，要破例搖醒立群一次，商量如何是好。卻發現立群已經抱起枕頭、棉被，煩煩躁躁地走出房門，下樓梯……

臥室的門被打開，漏出燈光，將立群高大的身影投射在樓梯邊的白牆上，這黑色側影，隨著立群一步一步走下階梯，在若梅的眼裡一點一點地矮了下去，終至完全消失，剩下一面白牆。

若梅抱著孩子追到房門口，經過對面公婆臥房緊緊閉著的門，心頭一陣退縮，馬上猶豫。左手邊的樓梯口像一張打開的大嘴，似乎在對她挑釁：「追下去，追下去啊！當初吵著要孩子的是立群，他怎能就這樣拋下你和孩子，自顧自睡覺去?!你，也才不過是個二十幾歲的女生，不是什麼偉大的母親，你也好想睡覺，怎麼會處理這嚎叫不停的小生命啊……」

數月前，若梅在二樓看見窗邊樹梢有隻鳥兒不停地啼叫，原來愛巢被一陣莫名其妙的風吹落枝頭，翻覆在馬路上，路上沒有車，也沒有人，牠大可飛下去，啣回牠的巢。但牠沒有，只在樹梢上上下下，焦急地跳著，始終沒有飛下去。

現在，若梅就像那隻鳥兒，在樓梯口徘徊又徘徊，最終沒有下樓。她是夜半失去玻璃鞋的灰姑娘，怎能光著腳去見王子？又怎能下樓俯拾那因婆婆一句話：「趕快搬到樓下客廳去睡，孩子的哭聲就吵不到你了。」就顛覆的愛巢？或許立群早就想搬到樓下去了，婆婆這句話，正中他下懷，來得正及時，對他是臺階，是藉口。她又怎可拆穿他？她在房裡走來走去反覆思索，雙足幾乎踏穿地板，內心彈起無人能懂的琵琶。

她輕輕掩上臥室的門，卻像重重地關了無數道的門，隔絕嬰兒哭聲，隔絕她和立群，隔絕過去與現在的門。

她輕輕掩上的是她的心門。

剛創造出新生命的若梅，彷彿失去了全世界。孩子的哭聲從未停歇，她卻只聽見天地的無言。仰觀窗外，一鉤月牙冷冷照人間，子午線劃過的午夜，拋下來一片黑。

若梅決心將一頭長髮剪掉。

立群抱著被子、枕頭，一步步走下樓梯，覺得每往下走一步，他的步伐就越發沉重，頭也越垂越低。他聽到若梅的腳步聲，但不敢回頭望，就怕自己心軟。

娶妻生子、孝順父母，人人掛在嘴邊，似乎這都是順理成章的人生路途，他怎麼感覺很不一樣？

電視廣告上不是整天看見年輕父親，滿面陽光，驕傲地向全世界宣布天大的喜訊：「我要做爸爸啦！」他們的笑容難道是謊言？生小孩照理應該是人生一大喜事，一大成就。

在產房聽到孩子來到世上的第一聲啼哭，他眞的有神聖偉大的感覺。創出一個新生命，應該和創造世界的上帝一般偉大吧。本來他根本不敢進產房，也不覺得應該進產房，生孩子是女人家的事，但禁不住老外醫師與護士一再鼓勵，甚至訓誡他應該要參與孩子出生那片刻，生孩子是夫妻兩人的集體創作，不只是女人家的事；後來又嘲笑他：「膽子小，妻子敢生，你怎可不敢看呢?!」他這才像鴨子被趕上架，豁出去了。

世間多了一個他可以全心去保護，去照顧去愛的人，讓他心頭增添許多的英雄氣概。他從來只相信雙手改變命運，要怎麼收穫就怎麼栽，一切靠自己努力，孩子順利生下後他第一次謙卑地跪在地上，仰頭感謝上蒼恩賜今日的豐富。

感謝完上蒼，一向正面積極的他，習慣性拍胸脯激勵自己，爲這個家要更努力工作，回饋若梅的付出與成全。若梅很早就計畫好自己要走的人生路，知道自己人生的理想就是要做個大學教授，她也做了萬全的準備。但是爲了他畢業出國而亂了陣腳，先苦熬兩年分離的日子，最後她拋下一切理想，選擇嫁給留在海外的他，千里迢迢投奔完全不在她計畫中的未知數。

立群剛進公司一年，沒有什麼假可休。爲了全時陪伴生產的若梅，一向對工作戒愼警惕的他，大膽向公司請了三天事假，疼惜愛妻，也享受左擁妻、右抱子的成就感。

護士送小傑來若梅病房餵奶，立群目不轉睛地盯住小傑那上下蠕動、吸吮奶嘴的粉紅小口。身長不過半截手臂的小身體，散發出世界最好聞的奶香。他將鼻子埋入小傑的小袍子裡，深呼吸，再深呼吸，享受親子溫暖時刻。過一會兒，立群將小傑高高舉起，對著百葉窗篩進來的條條金線，他左看右瞧，細細端詳。小傑大部分時間都閉著眼睛睡覺，但立群就是不放棄，他硬要在未定型，看不出什麼的嬰兒臉蛋上，找出屬於自己、屬於若梅、以及屬於他們兩人交融的印記。

孩子稍稍哭鬧，他立刻請護士把他帶走，免得騷擾產後急需恢復體力的若梅。然後他撫摸若梅的肩膀，連連說：「辛苦你了，辛苦你了！」並在她嘴邊輕輕送上好幾個吻，好像她是尊漂亮的瓷器，就怕碰壞了。然後，他慢步踱到嬰兒房外，隔著玻璃，找尋小傑。

他在有十個寶寶的育嬰房裡，一眼就認出滿頭黑髮的小傑。這東方嬰兒的尺寸，與八磅的重量，比起身邊任何一個小老外，都過之而無不及。立群驕傲地點著頭，嘴角微微掀起，滿意地欣賞自己的傑作。小傑是天使，是上天送來的最佳禮物。他多看幾眼小傑後，忍不住又半舉右手，默默起誓，一定要發揮自己的能力到極限，全心奉獻給這個家。

這樣想的時候，條條陽光在他眼裡像是獵人手上蓄勢待發的箭，心中更彷彿升起一個吹得飽滿的風帆，他看見自己在豔陽下的大海裡，駕馭著有若梅與小傑的生命之船，勇往直航，駛向光明。

把小傑帶回家的第一個晚上，立群在臥室中間早早擺上小澡盆，要替嬰兒洗澡。嬰兒肥皂、潤膚乳液、毛巾、尿布，什麼都事先安頓好，一一排列在地板上。他一再安撫若梅，鎮定別慌。但嬰兒一沾到水，手足亂舞，立群與若梅兩人立刻手忙腳亂，不知該如何應付這團軟綿綿如糯米糍，卻完全不聽指揮的小生命。使不上力，又好像使了太多力，最終是無力。嬰兒沒洗到什麼澡，臥室已經滿地都是水，兩個大人只有草草收兵了事。

接下來的一個禮拜，嬰兒徹夜不停的啼哭，水槽裡有洗不完的奶瓶、奶嘴，立群心裡原本一片豔陽的海面上，似乎開始颳起十級強風。信心滿滿，勇往直前的風帆，不但亂了方向，然後還一點一點地洩了氣。每當嬰兒更換一片尿布，喝掉一罐配方奶罐，立群的荷包就在滴漏，他的心也在滴漏，他越來越了解賺錢的重要，肩上的負荷也越來越重，重到把鼓脹的風帆徹底壓癟了。

過去，他和若梅兩人在房東家地下室築起的愛巢，雖黑暗又簡陋，但忙於打拚的留學生，除了書其實不需要其他裝飾，眼中有彼此就是世界，裝不下其他。他們是彼此的春風，隨之起舞，隨之蕩漾；他們也是彼此的熱泉，取之不盡，用之不竭。那種充滿，不需要其他，其他都無法進入。彼時，立群表面看來最匱乏，但內心卻最無虞匱乏。

現在，立群擁有的遠遠超過以前，他擁有事業、父母、妻子，還剛剛有了兒子，怎麼內心卻覺得處處匱乏又無力？

他匱乏不心虛的勇氣。一年前躋身世界第一大企業，和美國同事一起打仗。身為外國人，他必須打得漂亮，才能和同事平起平坐。現在他要打得更漂亮，才能養家活口。

拿了美國一般員工薪水，表現就不能再像外國留學生。留學時代，一學期只應付期中、期末兩次考試，書讀不懂可以鴨子划水，多讀幾次，只要交出兩張成績單即可。即使考得不夠好別人也會諒解，外國學生嘛。上班可不同了，分分秒秒都在考試，隨時交成績單：上司交代工作有書面英文、有口語英文；同事間的閒聊，球賽、笑話，也都是考卷，考驗他生活常識的分數。他每天交出去的，不只是考試答案，還有他的體力、和所有的專注。

他捧的飯碗像是要快遞的熱湯，既要求速度，又怕燙傷了手。那份戰戰兢兢，幾乎耗掉他所有元氣。他不想比賽，但職場是一局殘酷的角力賽，無法避免。

他最匱乏的還是睡眠。他本來就是個每天需要睡足七小時頭腦才能運作的人。而養家活口的壓力耗掉他許多元氣，他似乎需要更多的睡眠來灌滿他的風帆，讓他引領整個家庭續航人生大海。

在醫院裡看似天使的禮物，回到家中成了夜夜不睡的磨人精。立群腦海庫存的嬰兒畫面，各個都在安靜沉睡。奇怪自己的嬰兒怎麼大不同？他晚上睡眠的時間變得很短，育嬰書上怎麼也沒提？

和嬰兒奮鬥了一整天的若梅，臉色因睡眠不足而無血色，那滿頭長髮，跟它的主人一般失去光澤。更讓立群難過的是若梅那張冷臉，寫滿了嗔怨。那雙曾閃爍智慧與靈性的大眼，現在不但被黑眼圈框住，還特意迴避他的關注與試探。他知道若梅苦等他一天，就等著他下班換手，讓她喘口氣，或等著向他訴苦。但立群覺得自己在公司也打了一天的苦仗，更需要喘口氣或訴苦。何況廚房裡有一堆用過的奶瓶、奶嘴等著他洗；客廳裡坐著從家鄉來，等著和他談天解悶的父母。

立群的父母完全不習慣住在美國中西部這郊區房子裡，因爲出不了門，日日困在家中，窮極無聊，就等著霸占立群下班的所有時間；原本非常高興父母來訪的立群，漸漸顯出不耐，甚或有了和若梅類似的抱怨心態：「您們那麼無聊，怎麼就不分擔一下若梅的責任？無論是家務，或是幫忙照顧愛哭的孫兒，讓若梅可以喘口氣？到底這孩子是您們目前唯一的孫子！」

立群父母生了五個孩子，二男三女，但立群的哥哥尚未結婚，所以立群父母才興沖沖跑來找立群。他們心裡的打算是難得來到美國，除了給從未謀面的媳婦見面禮，一個足金戒指，給剛出生的孫子金鎖片、一塊玉，當然也要大開眼界，看看世界大國的好山、好水、好新鮮。他們期待和兒子全家到處旅遊一番。來了才知道，在美國作新移民的兒子，日子過得緊張萬分，沒開口要他們幫忙分擔工作已算幸運，根本沒時間再招待他們旅遊。

兩老在僑居地過慣養尊處優的好日子，每個禮拜有固定的傭人來打掃、洗衣；想當年，立群的父親做高官時，家裡有三個傭人在伺候：專門照顧孩子的保母，專門買菜做飯給十個人、兩條狗吃的廚娘，專門樓上樓下跑腿打雜的妹仔，情況再差家裡也維持兩個傭人的局面。直到孩子都陸續出國，立群父親也退休，微薄退休金實難應付龐大開銷，才一一辭退。所幸五個孩子中，每個月總有一、兩個會想到寄孝親錢來。（立群是永遠不會缺席的那個，即使在他最困窘，結了婚，仍在念研究所的時代，他瞞著若梅擠出錢寄給父母。後來立群得悉母親用他的血汗錢，買奢侈的皮包，他氣得心淌血，看著營養不良的若梅，內心一陣愧疚。）兩老住家附近各種小攤林立，今天高興吃海南雞飯、潮州麵，明天吃廣東餛飩，配海帶、醃蘿蔔幾碟小菜，樣樣味美價廉。飯後，順便散步一圈，去關帝廟上香，去孩子們以前念的華僑中學走走，買半個榴槤、一袋紅毛丹。過時的衣服交給改衣服小妹，幾天後，多了件衣服可穿；十五分鐘內，就可解決各種民生問題。晚上若不累，兩老會僱車去看老電影，看《魂斷藍橋》、《霸王妖姬》，立群母親迷戀著珍・哈露、賈利・古柏，尤其最欣賞埃爾・弗林，一直誇他風度翩翩，英俊瀟灑。立群母親說起這些陳年老事，父親好像都接不上話，聽說他看這些文藝片時，多半在戲院裡打呼。（立群母親看電影時不看、不聽劇情發展，只看畫面，然後不停地講這個明星像誰，那個明星像誰。有次《亂世佳人》在戲院上演，託婆婆的福，若梅可以放下孩子與婆婆兩人一起去看電影。若梅正沉迷在克拉克・蓋博那壞壞眼神與微微揚起的邪門嘴角，或費雯・麗穿著墨綠色窗簾改製的漂亮衣著與克拉克調情，貓眼綠的魅人眼波閃爍不停……若梅看得如醉如痴，耳旁卻一直傳來婆婆的不停嘀咕，左右觀眾先後發出噓聲，若梅很尷尬地小聲勸阻婆婆，結果她立刻黑張臉，一回家就馬上告狀，說若梅驕傲，在電影院不理她，不跟她講話。立群聽完好像也不覺得若梅有理。從此，若梅寧可在家看孩子，絕不跟婆婆看電影。）若梅公婆在僑居地住了三十五年，愛去哪就去哪，日子過得可充實了，哪像在美國出個門需要開口麻煩別人。只因爲他們孩子們都來美國留學，他們才把老家賣掉，不打算回去了。

怎知來到最嚮往的美國，都市治安卻很不好，有辦法的人都住郊外社區，所謂的高檔住宅，看起來像棟棟別墅，坐落在一片油綠草坪上，美則美矣，但完全沒有商店，沒有生活機能。不會開車等於沒有腳，出不了大門，兩老日日好似在坐監牢。

立群一下班，父母兩雙期待的眼神熱切盯牢他，他看得懂，也看得滿身壓力。三個禮拜前，立群還信誓旦旦要發揮自己極限，愛家護家，現在只剩疲憊不堪的皮囊，榨不出丁點精力來愛誰、護誰。只覺得一切都遠遠超過自己的想像與體力。

所以當母親在晚餐桌上問他怎麼那麼疲累時，他煩躁地回答：

「孩子晚上不停地哭，睡得斷斷續續，白天還要上一天班，打一天的硬仗，怎麼不累？」

「唉呀！你這賺錢養家的人身體最要緊了，可不能蠟燭兩頭燒，趕快搬到樓下客廳去睡。孩子的哭聲就吵不到你了。」母親完全沒讓若梅有發言的機會就搶著接話，好像有備而來。

這念頭早在立群腦中盤旋多次，苦於顏面無法跟若梅開口，多少也有點不忍心。母親這句話，好似遲來的聖旨與臺階，讓他今晚就走下樓來。

下樓時，他的眼角餘光瞥見若梅抱著小傑滿面徬徨無助，從臥房直追他到樓梯口。他曾想丟下手中的枕頭、被子，緊緊擁抱還是個大孩子的若梅，拍拍胸脯，像以往那樣以大哥哥自居，勇敢地說：「讓我來搞定一切。」

但，他猶豫了幾秒鐘，最後還是擁抱枕頭、被子、與內疚，一步一遲疑，慢慢走下樓梯。從臥室流出來的燈光，將他的身影打在慘白的牆上，影子隨著他下臺階，一點一點地矮化，最終完全消失，從若梅的眼裡，心裡消失。但他知道睡個好覺養精蓄銳承擔養家活口的責任，遠遠重要過夜間照顧小傑的分擔。他有所選擇。

他和若梅結婚一年多，他就遊說毫無心理準備的若梅懷孕生子，他以爲沒有孩子的婚姻不是穩定的家。現在，家已成形，他才發現自己根本沒有準備好。

若梅追逐他的腳步，最終停了下來，停在樓梯口，像是停在他的心口。若梅停下來，什麼也沒說，又好像什麼都說完了。她定格在樓梯口，影子投在他的背上，像是他的重擔。他不敢回頭，不敢迎接她驚慌、訝異、甚或輕視的目光。小傑毫不間歇的哭聲，塡滿兩人間的空白、距離、與無數的問號。

立群心好痛，若梅的沉默，似乎比大吼大叫更讓他心痛。沉默似乎是種最冷絕的抗議，是心死後的沉沒，沉沒於一片無邊無際的黑域裡。

抱著被子、枕頭下樓梯的他，一直往前走，走到客廳大門前，無意識地打開門，走了出去，好像他小時候的夢遊，他走入門外大片黑暗，無何有之鄉。

剛開始，白色的被子、枕頭還在濃黑中上下晃動著，隨著他越走越遠，最後一切消失於黑暗裡。看不見的子午線，劃過天際，劃過他的心頭，他回首凝視若梅二樓窗口的燈，熄了，他心中最後的眷念也熄了。黑寂中只有天邊零星璀璨，閃著幽微之光，溫柔擁抱他困惑的心靈，鼓勵他朝認定正確的路勇往直前。

第九章

滿月酒

兒子小傑快滿月了，公婆一直催立群、若梅要辦滿月酒。他們說小傑是張家第一位長孫，第一個大生日當然要愼重處理；又說滿月酒是華人傳統，不管住哪個國家都要遵循古禮。他們說得振振有詞，完全不把立群、若梅剛脫下留學生貧窮外衣這件事列入考量。傳統的大帽子蓋下來，誰都翻不了身。若梅轉頭看半開的窗外，薄紗簾子輕輕拂動，誰家院子剛鏟過草，隨風吹來的草味，新鮮得嗆鼻。雞冠花、杭菊盛開了，滿眼金黃豔紅，但若梅眼裡就只覺一股秋意襲人。

公婆大部分時間只跟立群討論張家長孫的滿月酒，到底若梅只是張家媳婦，不用聽她的意見。有了愛的結晶，若梅卻眞成了張家的外人。多了一口人反讓她更寂寞。家住不遠處的立群大姐，因爲姓張，同血緣，三不五時地打電話來關心滿月酒一事，還推薦了幾個她喜歡立群根本付不起的高檔餐廳。

立群和若梅對要不要舉行滿月酒，沒有決定權，只關在房內發愁，他們在異地未生根，沒有什麼朋友，滿月酒該請誰來參加呢。

剛到美國念書時，若梅英文聽說能力無法和老美同學談笑自如，雖然他們每星期多次處在同一個空間裡。個性內斂的若梅，在地上畫著國籍、種族、時差好多條線，不敢輕易邁步、越線。自尊心強的她，寧可少說也不願錯說，因此少了許多練習的機會。以前在臺灣學英文，注重文法解析，句型結構，每次若梅想和老美聊兩句，她習慣性先在腦海中做好中英翻譯，文法整理，才要開口，老美已經等不及，以爲她不愛講話，微笑點頭走開，下次不跟她對話了。

所以若梅沒有朋友。同學年紀又都比較大，多半是附近小學、中學老師，他們來修碩士學位，是爲了加薪與升遷。這些同學，對怯生生的若梅來說，只是她借筆記的對象。

剛開始，老美對幾乎無語的東方女子若梅，毫無戒心，大方借她筆記，甚至乾脆在他們工作的學校，影印好筆記整疊送給她，就怕沒幫上忙。第一個期中考考完，兒童心理學的教授在課堂上一個一個唱名發考卷，並公布成績。教授喊了好幾聲「Jennifer Chang，Jennifer Chang A——」，沒人回應。同學都轉頭看她，她才恍然大悟，跳起來去接考卷。若梅一時忘了自己從臺灣來到美國，取了美國名字，又結了婚，冠上夫姓，她徹頭徹尾地失去了自己，她已經不是「陳若梅」而是Jennifer Chang。

她的成績意外地高過所有借她筆記的老美，這下大家都傻眼了，好難堪，包括若梅也很尷尬，同學們可都是教育界的老鳥，有豐富的教學經驗，用自己的母語考試，竟然敗給初來乍到的新移民。

從此若梅更難交朋友了。

老外當然不知道若梅是從小到大在臺灣教育制度下訓練出來的考試高手，善於抓重點，過五關。他們不知道臺灣在哪裡，還問開車從臺灣到香港要多久。老美同學個個都在工作賺錢，是帶職進修，溫書的時間少，不像若梅靠立群養活，完全不打工，只嫌念書時間太多。她成天困在這租來沒隔間、沒電視的地下室，反覆聽收音機裡播放John Denver的"Sunshine on My Shoulders"、K書，"Country Road"、繼續K書……她在這鄉村男孩的清亮歌聲中，做著美國夢，想像總有一天她會有太陽照肩頭的日子……繼續K書，專心等待半夜她唯一的世界歸來。

她怎麼會有朋友？

苦讀、打工，一心要給若梅過好日子，急著營建家庭的立群，當然更沒時間交朋友。

倒是陽光照肩頭的日子來得比他們預期快，立群一拿到碩士學位，就跨進大公司做事。才領了幾個月美國白領階級的薪水，他們立刻搬離地下室，住進地面上的公寓，準備迎接新生命的來臨，也意外迎來要探孫的公婆。

這新公寓，迅速被全套家具、公婆絮語、嬰兒哭聲塡滿，再加上飯菜飄香，儼然是個美滿家庭的樣子，但若梅卻開始覺得自己不屬於這個家，只是立群建構家庭的一項元素。期待許久的美國夢，結果是在尿布與奶瓶的重覆繁瑣中打滾。她在陽光灑滿地的房子裡，找不到光。她反而懷念以前在黑暗地下室的日子，彼時她接收得到立群眼中的光，而立群眼中也只看到她。

滿月酒將開在Roadway Inn。這家小酒店是立群與若梅搬到地面居住後，經常帶公婆光顧的地方。酒店餐館的價位對他們來說有些貴，但立群是個需要別人掌聲與讚美的人，他愛在父母面前做面子、表現，若梅樂得享美食。

Roadway Inn 的週日早午餐特別精緻，氣氛也好，有暗紅燈光掩映，有冰雕冷煙朦朧，還有三人樂隊唱著爵士歌曲。來賓多半穿著正式，因爲剛從教堂做完禮拜，直接來享受豐盛的自助餐。俄亥俄州的白人多半保守，是週日固定去教堂的基督徒。這裡肉類多樣，有燒雞、豬排、火腿、義大利香腸，最漂亮的是那大塊烤得豔紅油亮、濃香四溢的 roast beef。戴著白色高帽的主廚會客氣的問：要絕對肉感的厚切、淺嘗細嚼的薄切、還是有芬馥焦味的邊切？

平日食量不大的公婆，此時好像都多出了一個胃來，盤子上堆著血淋淋的牛肉。

原本對滿月酒興趣缺缺的若梅，後來轉念想過，最有資格慶祝滿月的該是她。是她熬過幾乎沒怎麼睡覺的一個月，是她終於能夠恢復身材，打扮漂亮，出門看人或給人欣賞。滿月酒該是她的慶功宴，慶祝自己跨過多少子午線，成了人人口中偉大的母親，她才是酒席中的主角，要亮麗出場。

若梅央立群開車，去百貨公司挑選一件棗紅絲絨小禮服，穿在產後重了五磅的身上，窈窕有致。棗紅最能襯托她的白皙，絲絨更凸顯她的典雅沉靜。

若梅將好久沒用的溼性粉底倒在手掌心，均勻地塗在臉上。粉夠白，應遮得住一個月沒睡好的黑眼圈，粉飾出心中所要的光澤；眉筆來回掃著雙眉，要撫平眉心的微蹙。她在鏡中仔細端詳自己，雙眸深處少了點什麼，又多了點什麼。這既多且少，難以描繪，就像迷失於生命森林，如果說不出走失的地點，就會找不回從前。她得找回從前，於是，她上藍色眼影，畫長長眼線，點閃亮唇彩，用心裝扮，要「畫」出產前的樣子。最後要在手臂內側噴少許香氛。如戀愛時分。

立群全家算是香水家族，不論經濟狀況如何，香水在生活中不可或缺。公公的古龍水常噴得滿頭滿臉，婆婆只用巴黎獨特典雅韻味的老牌浪凡（Lanvin），立群比較節省，藥妝店促銷什麼就買什麼。他送給若梅的生日香水，不一定是法國，但一定叫得出名字，如伊莉莎白・雅頓，若梅就是噴灑了梔子花香的淡香水，做爲滿月酒籌備工作的結束儀式。

滿月酒請兩桌，都是大姐、姐夫的朋友，所謂當地僑社裡有頭有臉、年紀長很多的華人。有大學教授，也有餐館老闆。他們送來金鎖片、大紅包，客套地向立群、若梅道賀，寒暄兩句，就立刻轉身和大姐、姐夫聊天。他們說災難片《大白鯊》、警匪鬥《教父二》眞緊張好看；說越戰是美國最不榮譽的戰爭；說哪個球隊贏了大聯盟；說福特總統幸運地躲過了刺殺；說哪個朋友在哪個好學區買了大房子，「其實撿到便宜，不然怎麼買得起？」；沒有人談李白、杜甫，或阿里山、日月潭；更沒有人談余光中的《掌上雨》，或《葉珊散文集》，或任何一個若梅比較熟悉的話題。

若梅穿著新禮服，臉上掛著精心化的妝，努力做好今天的女主角，結果卻杵在眾人中，插不上話，只能四處張望，找不到一個她想聊天的對象。她彷彿又回到兩年前那陌生的婚禮。來到異國，每次在她扮演最佳女主角的大戲時，她身邊卻總是些陌生角色，搶著說不對的臺詞，演著不相關的戲碼。把女主角晾在一邊。

若梅母親從臺灣寄來玉墜子做賀禮，還有若梅大為驚豔的緞面小被，小衣褲，尤其有手作嬰兒鞋，不同布面，不同設計，紅、藍、綠、粉。今天若梅替嬰兒穿上特別耀眼的金黃，但似乎也沒有引起任何人的注意。她在喧譁的人聲中，撫摸孩子腳上穿的小布鞋，有種泫然欲泣的孤寂。

她想找個地方哭，哭自己的漂泊，哭小時候常埋怨的母親。若梅懂事以後，發現母親不像月亮發出慈愛的光芒，而是苦張臉下廚燒飯，在「媽媽的味道」中，她嚐到的都是「勉強」。生了孩子後若梅人生改變，她才懂得母親當年的苦，原來沒有靈性的調劑，女人不一定勝任上帝或男人賜予的「天職」。日夜抱著小傑的她，曾在鏡中自照，看見的都是如她母親當年那張憔悴、鬱悶的臉。倒是若梅的母親，因為兒女長大成人離開原生家庭，閒閒在家好幾年，少了家務瑣事，經常躺在床上閱讀女兒若梅留在家中的大學教科書，好像多少彌補了她沒能念大學的遺憾，讓她心情平衡了許多。日子久了她反而感覺缺少了被需要的重量，後來因為外孫小傑的出生，當起外婆，重新燃起了她對生命的熱力，為荒廢多年的裁縫手藝找到出口。她掀起塵封已久的縫紉機，從腳踩式換成自動式，縫紉的速度快好多。若梅相信當她母親縫製小傑衣褲的時候，嘴角盪漾的是發自內心的微笑，是眞正的春天。

一向想逃家、想逃離母親的若梅，這會兒逃得夠遠，遠在天涯，遠在酒杯、燭影、美食、音樂交織的熱鬧陌生異地，卻覺得和隔著山、隔著海的母親，好近、好近，這才知道有母親在的地方才是家。

公公婆婆從若梅手中抱走嬰兒，驕傲地向來賓展示餵得好、長得壯的長孫，一字未提若梅的辛苦，歡喜接受來賓道賀他們升格爲爺爺奶奶了。兩老一小，吸引來賓的所有目光，至於懷胎九月，陣痛十小時，一個月沒睡過好覺的若梅，在滿月酒會裡，像是被借用過，閒置一旁的工具，也像是完全不相關的外人。

立群，這新科爸爸，在他的父母、姐姐、姐夫圍繞的派對裡，似乎只有歡樂沒有任何感傷，他不懂也不知道替若梅設身處地著想，他自己好過天下就應太平。他手上搖晃著紅酒杯，微笑張臉走過來，向若梅示意跟他一起向兩桌客人一一敬酒致謝。「今天是滿月酒宴呢，要喝點酒。」若梅下意識擦了擦眼睛，是啊，這歡樂的酒杯，怎懂得若梅的悲傷。她端起笑臉，迎向賓客。舉起酒杯，喝上一大口。

「咦，是開瓶太久嗎？酒香揮發盡了，怎麼滿嘴只留下酸苦味！」

孩子滿月以後，夜間的哭聲不曾減少，但婆婆可是迫不及待地把每天的烹飪大事全部交還給若梅，恢復她蹺起塗著豔紅蔻丹手指，指指點點的日子。

若梅記得在滿月前，婆婆飯後洗幾個玻璃杯，一面洗一面埋怨：「哪兒來的破杯子，能重成這樣？害得我手背的青筋爆起。」向來謹慎的立群，馬上在一旁提醒：「你講話小心點，這可都是大姐送的。」婆婆哼了一下，但不再吭聲。

他們的公寓有兩層樓，樓下是客廳、廚房和只容得下一張餐桌的角落。樓上兩間臥房加浴室，住大小口五人。若梅晚上一人熬夜餵奶，白天一人帶孩子，換尿布，吸塵，洗廁所，應付小口的主食、副食，應付大口的午餐、晚餐。一襲睡衣從早上穿到晚上，來不及更換，也找不出更換的意義。生完孩子回學校念博士班的夢想，成了天方夜譚，純粹作夢，不知該塞往哪個角落，才可隱藏當初自己的無知與可笑；那些從臺灣帶來的中國文學、哲學、史學的書都坐在牆邊，坐得灰頭土臉。忙著吸塵的若梅，將吸塵器略過它們，搖搖頭，抱歉自己的大遷徙，將它們錯遷了國度，害它們在地上蒙塵，看到這些書更難掩她對自己的失望。

兒子晚上不睡覺，白天都在補眠，很安靜。若梅本想按醫師指示搖醒嬰兒，不讓他睡，這樣夜晚他才會睡得安穩。但看著睡夢中可愛如貓咪的小傑，她不忍心，再說寶貝若一直清醒著哇哇啼哭，她又怎能完成這麼多家務事。

看似在廚房裡忙著切切洗洗的她，耳朵可是豎著，如天線轉換角度收聽樓上的動靜；水聲嘩嘩有如若梅紛亂的思緒，她一面洗碗碟，一面胡思亂想著。但想著想著，她突然莫名地不安，下意識關上水龍頭，這才聽到樓上傳來好嚇人的哭聲。

她甩開手上的抹布，如跨欄高手，一步跨兩三個臺階，直奔樓上。發現嬰兒已經哭到聲啞。剛會翻身的他，已使盡全身力量，用雙臂將自己從小床上撐起，半趴在床欄杆邊，就快翻出來了。

其實孩子剛小睡片刻，醒了，尿布也不溼，他只是張開眼就立刻需要擁抱與關照，一刻也不能等待，不像一般嬰兒睡醒後，可以自得其樂地打打呵欠，觀察周遭。小傑是個非常警覺又極不安的嬰兒。是因爲若梅懷孕期間沒把孩子放在心上，一心申請學校入學，打算去住學生宿舍，念博士學位嗎？

公公婆婆正忙著打扮外出，往身上噴著古龍水，要和大姐會合一起去養珠店，顧下午沒有什麼人上門的店。他倆就在小傑對面的臥室裡，臥室門是開著的，怎會聽不見小傑的哭聲呢？怎麼就不去抱抱承繼他們姓氏的寶貝孫子呢？他們忘了滿月酒中他們的驕傲嗎？莫非他們只是在逢場作戲？

若梅眞慶幸自己與小傑母子連心，她顧不得雙手還溼淋淋的，左手一把圈起臉發青，嘴發白，上氣不接下氣的小身子，靠近自己肩頭，右手輕輕托住小傑的後腦杓，左右輕輕搖晃，心疼地用臉頰輕輕磨蹭他，口中喃喃地說：「對不起，對不起，小寶貝兒，別哭了，原諒媽媽吧。媽媽眞沒聽到，你就讓一步吧，何苦生大氣把自己折騰成這樣？」

看來，環境的不友善，不會開車走不出門，公婆的不幫忙，都比不上小傑的魅力。他才是眞正讓若梅牽腸掛肚向環境低頭讓步的剋星。他才是她今生唯一無法斷捨離的牽掛。若梅終於認清事實，懂得不捨，不捨將小傑託付給公婆去讀博士。立群早有先見之明，只是不願在若梅面前戳破。他就不相信若梅會拋下一切住到五十英里遠的學校宿舍去。難不成眞如立群所說「母愛是天神賜給女性的專利?!」而婚姻也如立群當初所想，絕不是春風裡的談談說說，是實際生活的血汗付出。若梅不能總是讓立群一人在血汗付出。

若梅尚未寫完的青春之卷，在孩子滿月那天，匆匆交卷了。她一頭鑽進從未計畫過的生命藍圖裡，過著很不一樣的人生。

日升與日落，從未因若梅的困惑與不適應而慢下腳步，日子如往常一點一點地划了過去。所幸若梅仍對她自己的人生抱著某種期待，某種企圖。她還想知道，除了尿布、奶瓶、嬰兒哭聲，與做不完的家務，她總該有點什麼不一樣的未知在未來會划過來吧？她不甘願、也不放棄地等待著。

第十章　這一夜

柏南與立群這兩對夫妻在去年公司的聖誕派對裡認識，立刻成了好友。因爲在美國中西部非名校所在地的城市，沒有什麼年輕華人，兩家人在異鄉又都各自孤單了許久，男主人是同事，背景相同，不需要競爭比較，女人年齡又相仿，頗有相見恨晚的珍惜。

這天，柏南、素貞、立群、若梅四人坐在電影院裡等著電影開場，他們各自捧著一桶爆米花與大杯可樂，好像在追尋常軌生活之外的某種刻意放鬆。

柏南、素貞兩人在香港出生長大，滿口粵語，不會說普通話，看來英國殖民的香港民間，方言粵語才是主流；若梅的粵語因爲公婆來住兩年，被磨練得收放自如。四個在異國迫切需要朋友的年輕人聚在一起，不用經過商量妥協，自然而然選用粵語交談；若梅一向體貼別人，她聽柏南、素貞爲遷就她而勉強說的拗口普通話，渾身不自在，就主動轉成粵語。

兩家人認識以後，週末常玩在一起，結婚快七年的柏南想兒女想得入痴，他相信多接觸立群、若梅的可愛兒子小傑，素貞終有一天會改變心意，願意懷孕生子。若梅喜歡柏南、素貞的誠懇交心，喜歡他們不同的生長背景。這天若梅僱用鄰居十幾歲的女孩照顧小傑，四個大人才能一起出門，看一場限制級的文藝片。

難得不帶孩子出門，若梅穿上一件剪裁合身洋裝，高跟鞋，特意配戴一副銀閃閃、垂吊式耳環。兩年來，每抱起小傑，不知輕重的他就愛扯弄她的耳環，好幾次險些扯破她耳洞，所以她不戴耳環許久了。從早到晚和孩子纏在一塊兒，以前文靜寡言的若梅，現在話多，聲調也高，又習慣用簡單、重疊的童言童語。這麼大的轉變，愛家、疼太太的立群從不抱怨，倒是若梅自己看不下去，常懷念過去的自己。她對人生的許多夢想都在養兒的現實中逐漸被消磨，只剩眼裡的幽微星芒，是別人再奪不走的。這天，她很開心能暫時做個女人，不是母親。

素貞崇尚自然，不花時間打扮自己，留著一頭好梳理的妹妹頭，簡單中性衣著，不施脂粉。柏南則永遠是牛仔褲一條，T恤一件，典型工程師本色。相形之下，立群可花俏了，夏威夷花衫，配一般男人不敢穿的白色西裝褲，白色皮鞋，在人群中突出，一如他鮮明的個性。

柏南開一部林肯九八豪華型房車，四人同坐。雖然柏南、立群同是福特汽車人，都享有公司買車優惠，一年換一部新車，但柏南因沒有兒女負擔，他的新車檔次較高，只是柏南沒嘗過做父親的沉重，不珍惜目前的自在，總一個勁兒地催素貞快生小孩，想把所有的錢花在孩子身上。

電影院在購物中心的東南角落，售票處旁邊兼賣飲料、啤酒、與零嘴。爆米花、炸薯條是基本款，還有一些五顏六色的軟糖。電影院未開場，幾個看來只有二十歲的少年郎，已經坐在圓桌旁喝可樂，他們梳著油亮的飛機頭，衣領都特意豎起來耍帥，眼瞳裡閃爍著的青春之光，與他們的金髮，如玻璃窗穿透進來的陽光，亮得扎人眼睛。他們肆無忌憚的直視素貞與若梅，像是在瀏覽什麼物件，最後目光大膽地停留在若梅的臉上、身上，還輕輕吹起口哨。

他們太年輕，從來搞不清亞洲女子的年紀，看不出若梅已是兩歲多孩子的母親，看不出她是暫時擺脫家務注入活水的盆栽，表面舒展了，骨子裡卻因日復一日的瑣碎，少了該有的飛揚。

立群發現有人注視他太太，立刻如宣示主權般伸手緊攬若梅的腰，耀武揚威地走起七八步，素貞輕搖若梅的手臂，湊近若梅耳邊，直說：「他們在看你，在看你耶！」似乎與有榮焉的驕傲。柏南低頭加速腳步，在這群羽毛未豐的白人小子面前，他都顯得靦腆、不自在，自動矮了一截。

湯姆在家門口車道上和妻子、女兒溫馨吻別，兩個女人一長一少，在他臉上輕輕一啄，有種在表演的感覺，就像車道旁大片草坪上，留著鏟草車下銳利刀子來回切割的條條吻痕，也是一種給鄰居看的表演。太太不只一次嘀咕湯姆，「草長得好長了，該剪了。」說著還不夠，拖著他到門外，指著自家庭院的草，像指著他的鼻子。

湯姆有些應付似地對太太說：「昨天剛剷過，十天後草還沒長長我就從加州回來了，你不用擔心鄰居會抱怨。」

湯姆抬頭，像在聞嗅刀鋒過處，空氣中殘留下來的淡淡草香。他又回望占地一英畝的兩層都鐸式房子，挺了挺胸堂，嘴角掛著得意，一路開車去機場。從他敞開的車庫，可看到牆上掛滿圓鏟、鋁梯、電鑽等，架子上是油漆桶、刷子，美國典型居家男人的工作室。

湯姆出示機票，走進狹長的登機甬道時，像是參與一個再生儀式，從一端緩緩走到另一邊。另一邊是登機門，開啟了各種可能的門。他搭乘聯合航空，從印地安納州經過四個多小時飛到加州洛杉磯，在美國地圖上，微妙地劃過一道美麗的弧度。

飯店的結構全球化了，他知道飯店附設的酒吧就在餐廳的另一端。他剛剛check in時，已經看得清楚了。他換上套頭有領的恤衫，配米白亞麻布料休閒褲，不穿襪，雙腳直接踩進膠底帆布鞋，輕輕鬆鬆地晃進旅店酒吧裡。來到加州就要有加州的休閒風。

酒吧裡，湯姆身邊坐著一位衣著保守的女子，頭髮是水洗過的金，喝著Bloody Mary。女子主動歪過頭來友善地和湯姆打招呼，是瑪莉安，一聽口音就知道也是從中西部來的，果然她從密蘇里來加州參加閨蜜明天的婚禮。她聊著丈夫的工作、兒子的學習，家長會，婦女團，還有一條老狗Lucky。她的瑣碎聒噪聽起來像要為自己撐起層層保護。湯姆一聽覺得很耳熟，是泡在婚姻恆溫湯裡，不知外面冷泉、熱泉滋味的家庭主婦。但女子談起第二天的婚宴，語氣卻明顯地不同，充滿莫名的憧憬與期待，期待某種探索、某種改變。她說她帶來兩件禮服，一直舉棋不定是該穿米色套裝，還是黑色無肩帶、緊身洋裝。

湯姆點著頭，好似接收到某種訊息，他又抖了抖肩膀，彷彿甩掉了些什麼負擔。他們的話題從家庭開始外延，聊加州天氣，温暖熱情；加州多元，讓人放鬆；連加州酒吧的牛油爆米花，似乎都比中西部的好吃多了。

聊著聊著，意外發現看似保守的兩人，卻都是狂熱的社交舞愛好者。於是當酒吧播放起"Saturday night fever"時，他們心中好像有根共同的弦被突然挑了一下，很自然地起身，走入舞池，相擁而舞。為了禮貌，湯姆的手指輕觸瑪麗安的肩背，即使如此，仍然跟觸碰自己太太的身體大不同。

不知不覺中，湯姆酒杯裡的double martini續了兩次，他開始步履有些搖晃，不清楚自己說些什麼，只聽到自己的嗓門，隨著情緒越來越高昂，笑聲也越來越大，血液開始沸騰，原本枯燥的家庭主婦在他眼中成了火辣城市女郎……

陽光好刺眼，湯姆張開眼，原來昨晚睡前忘了拉上窗簾。迷糊中轉頭一看，赫然發現自己身邊睡了個裸女，仔細一瞧，是昨晚酒吧座位旁那位保守的金髮女子瑪麗安……

柏南瞪眼看螢幕中的金髮女人，莫名地眼熟，曾在哪兒見過？難道是另一部好萊塢影片嗎?但好久沒看過電影啊。後來柏南幾乎失聲驚叫,他想起來了,這女主角和他近年來所看情色錄影帶中的女子有幾分神似,尤其那高挑的細眉,與眉下充滿慾火的雙眼,甚至嘴角一顆紅痣的位置都類似。每次在夢中,她都讓柏南激情不斷;每次,柏南瞞著素貞,把沾汙的薄毯忿忿然丟進洗衣機去,彷彿丟的不僅是張毯子,還有好些說不清楚的不痛快。

電影畫面跳回前一個晚上湯姆手持冰桶,裡面放著冰塊與半瓶香檳,另一手摟著金髮女子,搖搖晃晃走入房間。兩人來不及扯下彼此的衣服,已經翻滾在床上。女子伏下身,微翹的嘴唇吸吮著他的喉結、他裸露的上身,她用貪婪的舌尖滑過他常鍛鍊、有弧度的胸線。

最後女子拿起冰桶裡的一把碎冰……

早年,柏南和素貞默契良好,萬事和諧。晚餐飯後,柏南會趁素貞還在書房玩拼圖、做模型的時候,走入臥室,在床頭點上粉色香水蠟燭。這是一種心情,一份期盼,更是他倆婚後的甜蜜小約定。但自從柏南心頭強烈湧起誕生新生命的念頭後,他的好興致,總在素貞堅持要他穿上那層透明的「雨衣」後消失了。起初,素貞毫不察覺,還很得意自己在 catalog 上用郵購方式買來的各種雨衣,有特殊造型,香味也不同,增加夫妻情趣,讓前戲更有氣氛。有了安全防備，素貞才能放心享受。因爲無論柏南怎麼遊說，她目前都不想生小孩，尤其在升上部門小主管之後。

素貞工作多年後她看到自己的精明，總在緊要關頭替公司、客戶想出省稅節稅的妙方，讓客戶滿意，替公司降低成本。老闆屢屢誇讚下她重拾信心，越來越得意目前的自己。尤其經濟獨立，她在家說話都大聲了不少。

柏南大她幾歲，又有碩士學位，素貞以前很崇拜他。但在外面見識廣了，素貞越來越覺得柏南保守謹愼，行事太過低調，在美國人的公司裡，苦勞多過人，升遷卻沒分。起初，素貞爲柏南忿忿不平，認爲是種族歧視，久了，她看出這是個性使然，她幫不上忙，也做不了主。

但生孩子這方面，她可要自己做主，肚子長在她身上，理所當然是她說了算。

「你到底何時才讓我做爸爸嘛？」柏南毫不忌諱地當著立群與若梅面前多次抱怨素貞，都被素貞四兩撥千金般糊弄過去。若梅暗暗替素貞鼓掌喝采：「好，不輕易放棄自己，不被愛情沖昏頭，這才是新女性」，「女人一樣要發展自我，不是生孩子的工具。」接下去，她免不了怨嘆自己當初笨傻、太聽話，尤其要怪立群，總是把賺錢的責任往他自己身上攬。在他心目中，能幹的男人就該把太太好好地養在家裡，養得珠潤玉滑。

素貞的理所當然中，沒注意某種局勢在慢慢轉變。以前總是柏南主動點上那粉色的香燭，不知何時開始，那點香燭的人變成素貞，開始扮演主動的角色，就如電影中的金髮女子。

最近，柏南像頭喪氣的雄獅，疲憊地躲在他的草原裡。以前，素貞只嫌他對事業版圖企圖心不夠，現在看來，柏南在床上這小小版圖裡，企圖心也強不到哪去。素貞完全不知道在柏南的春夢裡，他可是駕馭著一頭駿馬，來來回回奔馳於草原。

素貞越來越能掌握公司的業務，卻越來越無法掌握柏南了，總覺得他陰陽怪氣，有事沒事就躲著她，還主動替公司同事輪值，帶呼叫器回家，因應夜間電腦系統障礙，緊急趕到公司加班處理。柏南對修補電腦的興趣，遠遠超過修補家庭氣氛。

素貞心中盤算過，滿三十後她會慎重考慮懷孕生子這回事，她會給柏南一個好交代，只是柏南最近的表現讓她心中有怨，她對待柏南，不像是對丈夫，倒像是對付賭局中的對手，故意把籌碼藏入口袋，加了碼，卻不讓柏南知道，免得他開心太早。

若梅坐在素貞身旁，清楚感受到素貞顫動的身軀，她不知素貞在想什麼，也無暇管，她自己早被銀幕裡翻雲覆雨的床戲，震撼得面紅耳赤，且大開眼界，上了一堂一輩子沒學過的生理課。結婚已經四年的她，從來不知道女人也可以沸騰。

她期盼和立群纏綿時的深情擁吻，她享受兩具潮溼的軀體在被窩裡逐漸升溫的親暱，然後她會莫名其妙地跳出戲外，成了旁觀者。

從小站在父母戰爭火線上，排解大人糾紛，她總是昧著眞心，附和母親對父親的所有指控，就希望母親的怨氣能提早結束，她可早點上床睡覺，明天學校還要考試。對她而言，謊言沒有善惡，是求生的手段。所以在床上她從來不對立群說實話，只要求自己下次、再下次，要更努力做個稱職的演員，演一齣好戲。

若梅睜大眼睛看螢幕，想看清楚，弄明白，那金髮女子的沸騰歡愉在哪兒，但鏡頭很快閃過去了，她，沒看懂。正在懊惱之際，立群湊到她耳朵旁說：「今天晚上……」他似乎怕挑逗語氣不夠明確，再送來幾聲輕笑。

一股熱氣撲面而來，若梅連脖子都紅了。她無法嬌嗔罵人，不想和立群在黑暗中調情，怕素貞聽到，只能用拇指、食指靜靜狠掐立群大腿。她不僅害羞，還夾雜許多痴怨，因爲她還沒完全忘掉那次，不，好幾次……

一如往常的某個九點過後，立群才從下班後經營的養珠店收工回來，已經疲憊不堪的他和若梅一塊兒坐在客廳陪父母聊天。若梅注意著牆上掛鐘，秒針滴滴答答地走了一圈，然後分針移動了一小格……掛鐘噹的一聲，九點半。呵欠連連的立群身體晃了一下，和父母道晚安，準備拉若梅回房。冷不防婆婆岔出一句：「最近怎麼那麼早就回房？我還沒聊夠呢！」

這晚，很想留點時間和若梅獨處的立群，以爲母親看穿他的心事，頓然面紅耳赤，窘得一句話都說不出來。父母住他們家都兩年多了，親子相處時間已夠充分，明明知道母親從不會體貼別人，但母親的一句話還是讓立群停下欲上樓的腳步，勉強坐回原來的位子。

若梅已站起身了，有些進退不得，藉著去廚房拿水，技巧地溜到樓上，陪伴臥房裡已難得入睡的小傑，心中又急又氣。

快十一點，白天養足精神的公婆終於累了，放立群回房。立群悄悄推開房門，若梅故意轉頭不看他。他磨磨蹭蹭，期期艾艾躺在若梅身邊，賴著不走。

匆匆辦完事後，他上衣釦子都還沒扣好，就急急忙忙打開房門，好像急著向屋外的人宣誓些什麼。

若梅默默注視他的表情、動作，突然覺得這夏夜特別悶熱，滿身的汗，令人厭惡的黏，眞想立刻洗掉。

立群一如往常，抱著枕頭、被子，走下樓梯，躲去客廳睡覺。

若梅披上浴袍起身，在梳妝鏡前呆呆地望著自己，好像本來期待要看一齣好戲，結果戲根本沒有上場，就匆匆結束了。她突然想起什麼，在櫃子裡一陣摸索，拿出記載她婚後兩年生活點滴的粉色日記。她將日記緊緊摟在胸前，像是摟住最想念的親人，要取暖，暖和她冰冷的心。她的臉頰在日記封面來回摩擦好幾回，才打開空白頁，一個字、一個字，似繡花、又如雕刻般記下一些數字，好多問號，像是一筆筆算不清的感情債。

淚輕輕落在數字後面的問號上，把墨跡暈了開來，成了一朵慢慢開展的淡藍色小花，抖抖顫顫，甦醒於自我意識裡。憂鬱不是一首短詩，是無眠的夜。

若梅寫滿了日記本的一頁，然後翻到下一頁。但這一夜，夜色濁黑濃重，她不知該如何翻過去。

愛，沒有對錯，但會有正反面吧，愛的反面會是恨嗎？若梅害怕自己會輕易跨過愛的臨界點，翻到背面去。若翻了過去，會看見什麼？是不可測的深淵，然後摔個屍骨無存嗎？

不能隨便翻過去。

這是那一夜她對夜空說的最後一句話。

人的記憶，若梅的記憶，很容易隨時間的腳步，在現實生活裡失焦、模糊。許多若梅發誓要記恨一輩子的痴怨，淡了，遠了，就如今天。

湯姆和金髮女子坐在床頭，兩人上身合披了一件浴袍，相依偎在煦煦陽光裡。他們不再談家庭、孩子、工作，那些保護膜、煙霧彈。他們已袒裎相見，一切都攤在陽光下，無須再遮掩什麼。湯姆先緩緩地聊起自己的童年、青春，那些曾做過，但從未實現的夢，那些不敢在自己配偶面前承認的失敗與挫折……

他們好奇地探索彼此的人生。客觀的、轉換的、新鮮的。

如果現實婚姻裡的瑣碎，是一本讀過太多遍的經典，那現在他們翻閱著的是一本以前不曾讀過的魔幻小說，小說裡的世界就是好玩，沒有條件的好玩。

湯姆看看錶，該去分公司報到。他穿上西裝，打好領帶，好似換回原來的符號，準備重新進入有框、有架，有責任、有義務的世界，他依依不捨地和金髮女子道別，也和昨晚的自己道別。

一個禮拜後，湯姆再度出示機票，走進狹長的登機甬道，像是參與一個還原儀式，從一端緩緩走到另一邊。他搭乘的飛機，在美國地圖上，從加州到印第安納州，又微妙地劃出一道美麗的弧度，意外人生的弧度。

回到寧靜的家，妻子、女兒都跑到車道上來迎接他。只見湯姆元氣十足地說：「草又長長了，明天我來鏟草。」

沒人聽出他語氣有何不同，但湯姆是不同的人了，因為明年，同一天、同一間旅館，他和金髮女子有約。

電影院的燈亮起，好刺眼，四個人眼光相遇，眼神裡都是尷尬，不知該說什麼好。若梅低頭將沒吃完的爆米花、可樂倒進垃圾桶裡。立群首先打破沉默，大聲說：「這樣的婚姻怎麼維持得下去！」他的愛情觀裡絕容不下任何不忠、不貞。外表看來最不安全、最不可靠的他，竟滔滔不絕地發表他對愛情、婚姻絕對忠誠潔癖的高見，沒注意其他三人都很沉默。柏南在想著金髮女子的狂熱，希望今晚夢中能見到她；素貞念念不忘那桶碎冰；若梅還在追想那太快閃過的一幕：沸騰在哪兒，在哪兒。

夜幕低垂了，螢幕中的男女演完了這一夜，給四個婚姻生活還算資淺的年輕人上了一大堂課，各有不同角度的啓蒙與思考。電影散場後四個年輕人即將面臨各自的漫漫長夜。他們的夜幕正要升起，好戲正要開鑼，他們該怎麼演好自己想要的角色呢？

第十一章 裂了縫的圍城

某個週末下午，素貞約若梅單獨外出逛街、喝咖啡。

若梅住美國四年多了，沒有汽車也不會開車，沒機會和美國人說話，對就業面試仍缺乏信心，還蹲在家裡做全職家庭主婦，生活好似困在一口井裡，令她窒息。這個單獨外出喝咖啡的邀約，像井口開一方天眼，像圍城裂一道隙縫，透出的細碎亮光對她是種奢侈的享受，讓她爲之雀躍不已。

有了正當的理由，她趕快把小孩交給立群，優雅地在鏡前用心打扮自己。佳人是花，需要展示，日日窩在家裡與尿布柴米油鹽打滾，再敷粉、打光也無人欣賞，徒顯瑣碎日常的重覆與殘忍。有了父母與小傑以後，立群眼裡的若梅，漂不漂亮似乎已經不再是重點，他要的是她能否獨立照顧好兒子，伺候好公婆。一向尊重立群意見的若梅，對這點並不甘願順著立群的意思走，她仍追求美麗，期待粉粉甜甜棉花糖般的溺寵。

若梅拿起平日很少穿的黃花洋裝在鏡前比了比，是夠亮麗，但衣服會搶了人的光彩，太花俏的衣服會遮掩她被書本知識烘焙出來的內斂。想到書本，她望一眼因爲沒有足夠的書架而蒙塵於地上的書，有大學時代的《詞選》、《元明清戲曲》，余光中的《蓮的聯想》、《敲打樂》，褚威格的《一位陌生女子的來信》。她趕快移開視線，免得增添罪惡感。

她換穿一件淺紫色素面尖領小袖洋裝，再照鏡子，果然不同。鏡裡的她漾開青春燦爛的姿容。此時耳邊揚起泰戈爾《漂鳥集》裡的句子：「美貌啊，你眞實的面目在你的愛裡，不在那諂媚的鏡中。」是啊，她相信在鏡中沒看見眞實的自己，只看到自己的影子，但她享受這種被騙的感覺。

她無子一身輕地走到前門外，等待素貞開她的第三代福特野馬來接，心中不免升起一絲枉然，今日她這裝扮已經不是爲悅己者容而是爲自己而容，這算是一樁好事嗎？

很快，若梅就看到遠遠一片銀黑，像閃電般快速奔馳到眼前。素貞臉瘦長，尚未經過生養，尚未升格爲母親的她，眼睛清亮，透著天眞，這是最讓若梅羨慕的地方。素貞還是青春女兒身，應好好打扮，她偏偏不抹脂粉，也極少看到她穿裙子或洋裝，一年四季的衣著非米白即淺灰，多半是方便走路的褲裝，長褲，七分褲，背著質地很好的牛皮包，或手拿黑色小型公事包，渾身透著時尚感，素雅有格調。她從不戴耳環、戒指，卻不吝誇讚若梅的耳環、戒指好看。她倆或許因個性不同而相吸，雙方頗喜歡彼此。

若梅第一次坐進素貞的車裡，左右一望，皮製座椅、地毯、方向盤都是低調沉穩的灰。若梅心想，如果有一天她也有能力買車，外表一定是玫瑰金，內搭深棗紅，那將是一座私密花園，讓她編織浪漫的夢。

車子經過規劃得整齊的社區，家家戶戶有著精心設計的庭園，草綠得要滴出水來，風鈴草、矮牽牛在大太陽底下展示嬌容，但因鮮少人出沒欣賞，在若梅眼裡，它們的美麗都帶著某種程度的荒疏寂寥，尤其綻藍花簡直就吐著藍色的憂鬱，彷彿替若梅終將默默老於異鄉而憂鬱。

放眼望去，筆直的大馬路兩旁街景整齊乏味，路樹因爲綠了一整個夏季有點累了，看著讓人昏昏欲睡。若梅的意識回到大學時代在西門町看的好萊塢電影，老美總是在開派對。來到美國，她接觸到的卻是一頁頁的平靜日常。中產階級週日忙上班，週末忙打理家庭。妻子將屋內清掃得一塵不染，時時還飄出蛋糕、餅乾的烘焙香味；丈夫不管從事什麼行業都在庭院來回剷草，爲果樹、景觀樹剪枝施肥；要不就在車房工作檯上做木工，搭露臺，換廚房地磚，樣樣親自動手。相形之下，東方男人，尤其是臺灣留學生，他們在各種聯考制度中過五關、斬六將，是考試機器，從未碰過電鑽、電刀、電鋸，當太太們要他們修理一下鏟草機或抽水馬桶什麼的，他們都有些茫然，這些不在他們過往的生活經驗裡。

素貞的車子經過大片將收成的玉米田，株株比人還高，紫褐色的結穗下垂著；然後是叢林，有紅楓、山胡桃木、雪松。非常典型的俄州在地植物。素貞說她對植物沒啥興趣，對她來說那些都是樹，沒有個別面貌與名字。

雖然辛辛那提是俄亥俄州的大城，但美國一般市中心治安不好，人人遷往郊區居住。若梅記得在芝加哥或底特律市區念書的同學，曾在電話上聊起，他們夜間下課，會集體跟著教授走出大樓，立刻鑽入停在大樓門前的汽車，鎖上車門後，要祈禱開車在市區範圍內，千萬不要閃神開錯路，出錯交流道，那可就是另一番世界了。尤其在晚上，你看到的絕大多數是滯留社會底層永遠翻不了身，無所事事的男人，在街邊瞪著特別明顯的白眼珠，如緊盯獵物般打量來往的陌生人與車輛，等待下手的機會。一不小心，那可是失財、失身、並喪命的下場。這種情況若梅沒來美國之前完全不了解。

郊區就大不同了，居民經濟條件相對好很多，教育程度高，也特別溫文多禮，鄰居見面不管認識與否一律微笑招呼，說聲Hi，展現出西方的基督文化與秩序。郊區樹多、景美，但條條大道吞吐著寂寞的煙。

到了購物中心，若梅與素貞走進一家冰淇淋老店Queen Dairy，精心打扮後的若梅，下巴微抬，緩緩踩著細跟尖頭高跟鞋，想像沒有俗事干擾的自己是一日女王。兩人坐下來後合點一份香蕉船，一人一杯美式咖啡。素貞喝黑咖啡，若梅加奶又加糖，覺得這樣才品得出幸福的滋味。

通常有男人的聊天場合比較浮面哈拉，是職場外另一種角力，不是吹捧自己出了幾次差，參與公司什麼重要會議，就是要換新車了，什麼車款什麼性能，他們唯一放鬆的主題大概是談政治、談大聯盟或NBA，這些沒有個人生命色彩的話題。女人比較會以真性情面對彼此，話題細細抽絲剝繭，往心裡去，往深處挖，不怕好姐妹笑話，專找不痛快不堪的地方分享，相互陪著一起笑，也陪著一起哭，所有的抱怨都會獲得情義相挺，最後心靈好像被雨水沖刷過般潔淨，又可重新武裝自己面對生活中的不愉快。若梅與素貞兩個年輕人，生活在華人較少的美國中西部，不參加當地華僑教會或社團，沒有什麼八卦可聊，彼此相聚就是交換內心私密。說著，也聽著對方細微的情感波動。

香草冰淇淋才吃了幾口，若梅急著問：「有什麼好消息要分享？」

素貞長嘆一聲：「唉，好消息沒有，倒是和柏南的婚姻好像出了問題。」素貞很快就切入今天約若梅出來的主題，說年輕的他們活得好像老夫老妻，許久不碰觸彼此。起初，素貞以為柏南工作太忙、太累，後來查覺柏南根本是故意逃避。他不是躲在公司加班，就是躲進書房，一直躲到素貞睡著了，他才潛入。有次素貞側身躺在床上裝睡，斜眼瞄到柏南躡手躡腳地溜進臥室，背對她，輕輕躺下，刻意地保持距離，避免兩人肢體意外擦撞，就怕擦出火花。然後他整晚保持僵直的姿態，似乎背後就是懸崖，一翻身會粉身碎骨。聽到這若梅心想，柏南多半不知道有人說過「不要把愛放在懸崖之上，因為那裡很高」？

素貞說，若從天花板上俯瞰，她和柏南兩人應睡成一個「北」字。北，中間一條縫，是難以跨越的鴻溝。

「北，北國、北風、北極，好冷啊！」素貞酸楚地說著。若梅馬上回想那她和立群以前睡成什麼字呢？嗯，是「比」字。他們兩個都朝右睡。立群從後面來個大熊抱，好像個大括號不由分說將她括了進去，常括得她動彈不得，頸邊還傳來他呼出的熱氣與呼嚕聲。

某個夜晚，素貞趁柏南加班，去書房大搜索。書房裡的窗簾關得嚴嚴實實，密不透光，她在電視櫃後頭搜到好多色情錄影帶，與《花花公子》雜誌，女主角多是胸大腿長的金髮美女，身體誇張扭曲成S型，雙雙白鳥輕顫著粉色小喙，有些可愛得令人心醉、有些性感得令人顫慄。隔著螢幕似乎都可聞到她們體內發出誘人的膩香。看來柏南激情猶在，只是寧願將眞實的血肉之妻冷落一旁，與影音中虛擬角色貪歡。「爲什麼？難道是我的身體對他已失去吸引力？」素貞問若梅。

若梅從沒看過色情錄影帶，正聽得耳紅心跳，一時無語。

若梅家只有一臺電視機放在客廳。早晚幾乎都是公婆在看。上午名主持人Bob Barker主持的「Price is Right」，請來賓猜家用商品的價格，是公公每天必修的「功課」，有時他帶著孫兒小傑一起看。哪個來賓連闖三關猜對價錢，贏得全套家具與家電大獎，爺孫倆像是自己獲獎般興奮歡呼。晚上公婆兩人守著電視看電影，若梅不知道他們能看懂多少，但不到十一點，兩老不會上樓進臥室。家裡沒有錄影機，即使有，應該也找不出機會與地方看。若梅跟著立群看過《花花公子》等色情雜誌，只覺女性的美在打破距離情趣之後被破壞無遺，成了不折不扣的「器官」、「東西」。

素眞訴苦，若梅好奇想傾聽更多，所以盡量保持表面鎭定，讓素眞多說一些。若梅自己是一塊浮木，困在公婆、孩子、家務的平淡婚姻中，不知男男女女可有錄影帶中那樣的香豔魅惑。原來雖身處婚姻世界，她未知的事情還多著呢。

本來，她最羨慕素貞的婚姻，無公婆，無子女，有事業，有汽車，金錢獨立，生活獨立，多愜意啊。沒料到今日看到素貞臉色不佳，兩眼茫然，完全沒有若梅認爲該有的春風得意。若梅有些悵然若失，她以爲只要事業如意，自我性靈得到提升，日子就該滿足了。素貞的日子怎麼樣都該比她精彩快樂。但人生看來並非完全如此！

她腦海中突然有個畫面，忖度著該不該向素貞提起。有一次立群帶她去城中辦事，在停車場，她遠遠看到柏南和一個美國女子走在一起，有說有笑。在美國女人旁，柏南塊頭顯得特別的小。以前若梅總自嘲住美國雖寂寞但至少有一個好處，就是驕傲的美國女人都長得高，眼睛看不到也看不上瘦小的東方男人，再加上白人至上與排外心理，東方丈夫遭受誘惑的機會少很多，華人的婚姻似乎比較穩固。

她當時趕緊拉著立群坐進汽車裡，還故意低頭去撿東西，躲避柏南的視線，心虛得好像是自己出軌被抓包。她謹慎地警告立群，今天什麼都沒看見，不准亂說。立群不明就裡，笑她土包子，沒見識，不過是個女同事吧，有什麼好大驚小怪的。若梅現在回想，或許早該對柏南的愛家形象打折扣，行爲也未必可靠。

俄亥俄州十月天氣開始冷了，若梅公婆嫌冷，去加州看女兒，小住兩星期，這對若梅眞是一大解脫。此時柏南提議兩家一起去加拿大多倫多舉世聞名的尼加拉大瀑布旅遊，他帶路，與立群輪流開車。

若梅七〇年代來到美國，除了結婚並完成美國碩士學位外，最大的收穫是靠立群開車，利用美國絕佳的高速公路系統，看大國的進步與美麗，開眼界，長見識。他們除了去附近景點外，光是芝加哥這美國第二大城他們就去了好幾次，他們的蜜月旅行也在芝加哥度過。

兩個窮留學生辦完只有茶會的婚禮後，興奮地坐上灰狗巴士去芝加哥度蜜月，因為立群打工的旅行社老闆，送他們的結婚禮物是名酒店 Palm Hotel 兩天一夜免費優待卷。兩人熬了好幾個鐘頭的巴士到達酒店，被送進有香檳鮮花的豪華蜜月套房，兩個土包子像劉姥姥進大觀園，處處嘖嘖稱奇，房間真大，雙人床放在會旋轉的平臺上。兩人剛在席夢思床上躺下來想休息片刻，卻立刻如見到鬼似地跳下床，原來整個天花板都是亮晃晃的明鏡。

晚上他們在酒店夜總會聽歌，跳舞，身旁獻唱的歌星竟是他們以前在臺灣只在黑膠唱片裡聽過的偶像 Branda Lee 本尊，她用低啞嗓音唱著她的招牌名曲 "Seven Lonely Days"。若梅以爲自己是在做夢。第二天他們去了科學博物館中看巨型恐龍模型，埃及木乃伊，煤礦坑實境模擬，也在密西根湖畔看私人遊艇來回奔馳。這趟芝加哥之旅，讓若梅見識到世界大城市的不一樣。

若梅在美國旅遊也有不愉快的經驗，是兒子出生才幾個月那一次。全家應公婆之要求飛去加州洛杉磯，與住加州的眾親人共度聖誕。若梅並不想去，她多期待擺脫公婆，在聖誕十天假期與立群、兒子單獨過點小日子。但若梅習慣將內心的渴望藏在心底，暗暗期待立群會看穿她的心意，會主動跟她父母提出留在家中過聖誕的點子。若梅左等右等最後希望落空。立群自從父母來了之後，心已不屬於二人世界，他渴望更多與自己家人在異鄉團聚的機會。若梅只有委屈妥協。當她到達洛杉磯，看到那麼多都不認識的男方親屬，就知道自己做了錯誤的遷就。

兩個小姑與夫婿四個人，年紀與若梅不相上下，因為都不生養小孩，不但外表看起來年輕許多，行為更是。他們可以在若梅下榻的小旅社泳池邊，玩起你追我跑，推人入池的假動作，然後高聲尖叫，像十五、六歲的青少年。

自從若梅做了母親，又有了同住的公婆，心境一下子蒼老了許多，看著小姑們的胡亂嬉鬧，有莫名的不耐與忌妒。忌妒他們不知人間疾苦的天真幼稚。

洛杉磯，該是新鮮值得探索的大城市，尤其好萊塢可是電影重鎮，若梅遐想他們會去環球影城朝聖，目睹某些文藝愛情片的場景，那多浪漫，她真可以向臺灣同學大大炫耀一番。但是他們這群「孩子」卻只帶遠客去動物園玩，結果在有各種動物排瀉臭味的動物園裡，兒子小傑被感染，整個假期哭鬧且腹瀉，讓若梅在返回俄州的飛機上，頻頻跪在走道上換尿布，引來乘客側目反感。

多倫多之旅是若梅來美國後第一次跨國遠遊，而且去世界著名景點。出發前一晚她興奮地睡不著，盤算要早點準備好小傑的果汁，順利辦完嗯嗯大事，就可安心上路了。

出發當天路上天氣晴朗，兩個男人坐前面，女人和小傑坐後座。若梅忙著娛樂小傑，編故事、唱兒歌、逗他玩玩具，從未停過。素貞多半注意路況，看地圖，嘴巴也沒停過，她忙著做 back seat driver，後座駕駛指揮。起初，柏南勉強接受，後來露出不耐口氣，但素貞似乎並未察覺，不是批評柏南開太快，就是開太慢，指導他應該超車或切入。若梅第一次看到素貞個性中有超強控制慾的一面。

他們開車經過密西根的底特律汽車城，經過隧道前的底特律河邊，看到兩棟圓筒狀的文藝復興大樓，是底特律城最新的代表性建築。一過了河就是加拿大，他們在加拿大的溫莎小鎮吃了一頓頗道地的港式飲茶。

那個時代美國中西部的中國餐館，除了炒雜碎 chop suey，芙蓉炸蛋、蝦龍糊這些在東方沒聽過、也沒吃過的菜之外，端不出一盤眞正的中國菜。在溫莎小鎮他們四個年輕人讓味蕾好好地回憶家鄉。柏南說：「不要急，到了多倫多的中國城更可以大飽口福，不只飲茶，還有非常道地的港式粵菜。」柏南的大姐住多倫多，他和素貞常來，所以很熟悉。

雖然旅遊書上說尼加拉大瀑布有三個，但是一般人口中的尼加拉大瀑布就是柏南要帶他們去看的馬蹄大瀑布，位於美加邊境，而且加拿大這邊氣勢最盛。

此瀑布落差五十三公尺，比義大利比薩斜塔還高。寬度有二百五十三公尺，是世界第三大瀑布。它以每秒十六萬八千立方公尺的磅礡流量水勢，造就絕世非凡的景觀。

來看世界知名景點。若梅穿上她在 Sears 清倉大減價的毛領白皮長大衣，雖然價錢低到令人無法相信的地步，她還是擺出貴婦姿態，左左右右不停地拍照。若梅不到三十歲的年紀穿上眞正的毛皮，讓她有些沾沾自喜。美國百貨公司的大減價是眞正的跳樓價，這是住美國的另一大優點。若梅還記得剛來美國那一年，他們可以用美金一塊錢買到眞皮皮鞋。所以他們常利用一元拍賣 dollar sales 或路邊拍賣 sidewalk sales 淘寶，總是收穫滿滿。若梅買到好東西後，不惜花費遠遠超過一元美金的成本，千里迢迢海運寶物給臺灣的父母家人。

柏南、素眞在售票亭排隊要花貴錢坐船，體會最接近瀑布的震撼，立群看到若梅眼中的羨慕與渴望。他知道若梅膽子大，愛刺激冒險。平日很節省的立群狠下心也買一張票給若梅圓夢，他自己則帶著小傑留在安全地帶觀看，幫忙若梅拍難得的鏡頭。若梅不忘脫下皮大衣，小跑步跟在柏南、素眞身後去搭船處排長龍，領雨衣。

若梅坐完船，興奮萬分地跑向立群，她雖穿著雨衣仍然全身溼透。或許水氣朦朧模糊了立群的雙眼，他一時恍神以爲是看到一個天眞少女向他跑來，是戀愛時他認識的若梅，心中戚戚然。若梅無視於全身溼透，比手畫腳向立群描述小船行走於瀑布下、瀑布後的驚險刺激，她眼中閃爍著消失許久的光芒。

過去兩年多若梅常覺得家庭主婦的日子好像沒有盡頭，也沒有太多盼望，此時她一掃生子後的鬱悶、體會自己或許人在福中不知福，總一再抱怨失去的東西而忘了省視身邊增添的。她其實比同年的許多同學幸運，在臺灣完全不開放觀光的年代，她未滿二十三歲就來到美國，有了碩士學位，見識世界大國的文明配備，如整齊的市容，設計獨特的景點、餐廳、花園、完全沒有異味的洗手間、沒有一點垃圾的環境，拓展了她多元的生活閱歷，未嘗不是人生的成長、收穫與成就？

她認識一位女性小兒科醫生，爲了要有成就感，日日夜夜在醫院爲別家小兒忙碌，而將自己的孩子委託非法移民來照顧，結果孩子的衛生習慣，語言表達，學習能力都低於標準，這樣犧牲孩子幸福的職場人生，眞的比較有價値嗎？

站在尼加拉大瀑布前，若梅深深吸了一口氣，期許自己或許可用不同的角度看人生，她或許會有新的體悟吧。

晚上他們飽餐港式飲茶後，住在正對馬蹄瀑布的汽車旅館。旅館雖小，但景觀一流，磅礡水勢在霓虹燈光映照下變化無窮。難得小傑早早睡了，但他睡在大床中間，讓立群與若梅雖處在蜜月之鄉，也難有什麼親密之舉。若梅又羨慕起柏南與素貞，想像今晚他們應該很浪漫，或許會有錄影帶中的某些情節！她走進廁所時，聽到隔壁有些動靜，有些聲音，她好奇地附耳於牆上聆聽，先聽到柏南的聲音，然後是素貞，都夾在粗重的喘息聲中，是愛慾烈火下的灼燒嗎？

但，有些不對勁，這些聲音並不如想像中歡愉，而是帶著憤怒的叫囂：「你，你，別以爲做了個主管連開開車都都比我行……」柏南講得又快又急，急到口吃了；最後聽到的是素貞的歇斯底里：「就這麼小的房間我看你還能躲到哪裡去！」

若梅不敢聽下去，快步走回臥房，床上躺著睡得香甜的小傑，兩頰粉撲撲的鼓脹著。手指肥肥短短微微彎曲，手背好幾個小肉窩，跟著呼吸輕微的顫動。看著看著，若梅的心更加柔軟，她可不能像素貞那般大聲講話，吵醒這甜膩可愛的孩子。

原來有個夾心餅乾，雖與二人世界不同，但有另外的幸福。

第二天大家剛見面時，若梅有些心虛，不太敢接素貞的眼神，就怕眼睛會透露偷聽的祕密。柏南建議大家去中國城的翠園，吃道地的港式餛飩當早餐，接著他們按預定行程去了多倫多市區觀光必去景點 Casa Roma 古堡。

這古堡是百多年前一位金融家耗資三百萬加幣蓋的私人住家，有九十八個房間，與五英畝的花園、溫室、暖房。仿中古世紀建築，所以有幽深隧道與神祕塔樓，若梅並不羨慕任何人住豪宅，但她一向愛看古堡，是對古老時代的人文藝術某種特別好奇與迷戀吧。她又特別愛看有庭園設計的花園，她愛各種植物、花、湖水與天鵝船。

中午他們再訪中國城，光閱讀那麼多黃面孔，聽聽廣東話，就讓他們解了不少鄉愁，更別提他們嘴有多饞，中午可要花錢吃個像樣的中式大餐，他們點了港式炸子雞，金色的外皮香脆，裡面的肉嫩軟；蒜蓉清蒸海上鮮，鳳梨蝦球，清炒芥藍，四個菜，加白菜銀杏豬肺例湯。

好久沒看過這樣嘈雜又擁擠的人潮了，若從高空俯瞰，這些在餐館的人們像一群圍著白米粒的黑螞蟻，又忙又亂，但若梅眞懷念做黑螞蟻的滋味。去一趟中國城像回了一次家鄉。

吃飽飯就要往回程的路上趕了，六、七個小時的車程呢。

回程感覺比來的時候漫長且無趣，兩個男人輪流開車也輪流睡覺。小傑累了就特別無理哭鬧，若梅好不容易安撫好孩子，卻發現柏南與後座指揮素貞你來我往地鬥嘴，聲調越來越高，內容由開車誰指揮誰，吵到誰應該當家作主，最後扯出錄影帶。

「你有外遇了是不是？搞上金髮女人？你的胃口可是越來越大！恐怕人家看不上你吧！」

「哪來的金髮女人？」

「你的錄影帶裡都是，還以爲瞞得了我。」

「我看錄影帶關你什麼事？」

「當然關我的事！」

素貞此時好像被蜜蜂螫了一口，突然情緒崩潰提高八度尖聲叫起來：「你有算過有多少個月你沒再碰過我了嗎?!」素貞嚎啕大哭起來。

原本在睡覺的立群驚醒了，不知發生什麼事。若梅趕緊摀住小傑的耳朵，好不容易才哄睡，可別被吵醒呀。

柏南漲紅了臉，脖子上的青筋一條條凸出來，左側臉部在顫抖。

汽車裡好安靜，時間空氣都停止流動，安靜中聽到許多人的心跳與小傑輕輕的鼻鼾，最後，柏南從牙縫裡冷冷地擠出了幾個字：

「我絕不再碰不願生小孩的妻子。我要孩子，我要一個完整的家！」柏南的聲音雖冷，在嘶啞中包著一種有愛的悲涼。

比立群年輕幾歲的柏南原來如此傳統?!他愛傳統家的感覺，竟然冒險做出變相處罰？素貞大概也想到這一層，她的哭聲突然停了，又是一陣揪心的沉寂。倒是若梅的胃裡有股莫名的熱泉汩汩流出，從食道、喉頭湧上臉，最後這熱泉湧進她的雙眼。她一面同情素貞怕被孩子困住工作，遲遲不敢懷孕，一面慶幸自己從未深思熟慮就糊塗懷孕，糊塗闖過這事業與母職掙扎的一關。

淚水蓄滿了她的眼眶，開始往外流，靜靜地流，從她的雙頰流到脖子。她不敢動，只暗暗抓住小傑的嫩手，發自內心深情立誓：「我再也，再也不要怨嘆自己太早生孩子了。」

她望向車外，高速公路成了一道蜿蜒光河，黃澄澄地耀眼。這光河沉默地緩緩往前流，一直流向天邊，而車裡的人也各自沉默在潺潺的心流中。

第十二章

轉變的白兔

若梅怎麼走上一條自己在念書時完全不認同的路，一條很世俗的路，她有些記憶模糊了。

碩士最後一學期懷了孕，立群興奮地說：「天下我來闖，你跟著我就行。」個性內斂不務實的她，就成了無能振翅外飛的粉蝶。其實事情並不是這麼單純浪漫，主要是家中無預算爲她買第二部汽車，二來立群爲了安全不想讓她學駕駛。孩子出生後，家中雖有櫻櫻美代子的公婆，卻完全不分擔家務與照顧孫子，立群一味地討好他父母，若梅自然而然困在郊區家中做了兩年多的全職家庭主婦，雖然一分鐘未閒過，但就忙些她認爲浪費生命的瑣碎日常。

爲照顧兒子並料理全家四個大人的三餐，若梅站在廚房洗水槽旁的時間越來越長。水龍頭嘩嘩的響著，冰涼的水快速流過她指縫，像是她過去讀書進修的歲月，抓也抓不住。她忙著洗滌各種汙垢，也忙著在各房間吸塵，好像家裡有永遠洗不完的垢，清不完的塵。是否因爲心靈角落蒙塵太久？她已弄不清楚。

一個女人爲愛付出的時間越來越多，男人就更專注地向外發展理想、成就，不知不覺中他們在事業之外，獲得家庭溫暖、兒女親情，乾淨的家、熱騰騰的飯菜及天眞可愛的孩子……

男人理所當然地享受著婚姻生活中的各種加分，忘了這些都是女人自我理想、智慧、能力、甚或存在價値各項減分換來的，他們下班回來對女人要求多一點注意力，常覺得難以應付。慢慢他們似乎只和老闆、工作談情說愛，和妻子的浪漫、情愛逐漸在疲累的鼾聲裡化爲泡沫。男人常說，結婚多少年了，難道還要把愛掛在嘴邊營造浪漫？這不但累人而且肉麻，他們把雄性賀爾蒙都耗在如戰場般激烈的職場上了，回到家裡只想平淡過日子；而女人就專愛在平淡中追求點什麼不一樣的，否則就懷疑代表愛的月亮不見了，焦慮地墊起腳尖向天窺望。

若梅覺得在日常生活中得到的愛情越來越少，漸空的心靈需要某種塡補，她平日常利用兒子、公婆午休時刻，犧牲自己睡眠，勤追電視裡的愛情肥皀劇，看美國年輕男女的清純愛情，或豪門恩怨上演的情慾與權力追逐的戲碼，這是她平日生活從來無法接觸到的，除了塡補空白，她還美其名曰：「學習美國文化與英語聽說能力。」確實也是，肥皀劇裡的英文臺詞，她逐漸聽懂六、七成。

若梅的另外一個自由時間是全家人晚餐後，聚在電視機前享受天倫時，她會悄悄溜到樓上，躲在臥室一角寫日記，這是她面對自己的唯一時刻。寫完後她將日記本藏在床底下，她常在夜深人靜時聽到日記本對她吶喊：「若梅，來不及了，來不及了！」

過久了仰事公婆、俯育兒子、燒飯洗衣的日子，若梅隱藏在內心幽微處的上進心，逐漸掩埋於兒子天眞無邪又全然信賴的笑容裡，奄奄一息。若梅忙著用文字與照片細心記錄兒子成長的點點滴滴，忘了記錄自己心靈停頓了多久。有時，她假裝聽不到內心微弱的呼聲。

她開始期待週末放風，像囚鳥要飛出「愛」的城堡，看看久違的天空，外面的世界。城堡的白牆上掛著她鑲在鏡框裡，燙著金邊的碩士畢業證書，夕陽反照玻璃時，特別明亮刺眼，好像要提醒她些什麼。但若梅在這郊區環境裡左看右看，找不到什麼華文書要讀，或任何她關心的議題要議論，也因爲不開車，她不能去中小學實習，拿不到教師執照，空有教育碩士文憑連去做代課老師都不行。她就先閱讀購物中心櫥窗裡的生活新設計、新產品，算是最方便最實際的生活學習。她以前讀書時代最討厭陪立群大姐逛購物中心，現在她正朝大姐的路一步步地走著。

以前她感謝立群爲她安全不教她開車，現在她開始懷疑，或許男人就怕女人接觸太多外面的世界，會看花眼、會出軌，或不再尊敬城堡中唯一的男性，或怕女性發展事業超過男人，故意不讓女人走出城堡。若梅想起以前有位大學長，把妻子介紹到同一間大學任教，沒想到妻子表現傑出，搶盡丈夫所有光環，大學長選擇退讓，從事他並不擅長的行業，結果發展一直不順利，讓他鬱悶灰心。後來兩人的感情因此千瘡百孔，婚姻只是勉強湊合著過日子。

七○年代，若梅就見識了美國的大型購物中心，她家附近的「拉法葉廣場」（Lafayette Square），占地百萬平方呎，同時容納九十家商店在一個屋簷裡，連鎖百貨公司如JCPenney、Sears、Block 就有五、六家，一個又一個新奇的櫥窗，琳瑯滿目。

在臺北做大學生時，若梅眼中最繁華的地段是西門町，幾條電影街、幾家可以兌換美金的銀樓、有俄羅斯甜點的明星咖啡、賣蜂蜜銀耳的蜂大。這些和美國購物中心比較之下，西門町實在狹窄得不像樣。不過當時霓虹燈的多彩與閃爍，帶給擠在八人學生宿舍裡經常失眠的若梅某種不夜天、不孤寂的興奮與撫慰。若梅在宿舍裡失眠久了，越來越害怕眾人皆睡我獨醒的掙扎，更厭倦自己縮在睡榻，一面聽四周鼾聲起伏，一面揮趕內心的忌妒。在漫漫黑夜裡她想著青春西門町，戀著閃亮西門町。但在那個年代，西門町代表的是浮華奢侈，不是她這好學生該去的地方，也不是她這靠清寒獎學金過日子的負擔得起的地方。

在一個夕陽西斜，黑夜又將來臨的傍晚，若梅開始慌亂時，天將神兵，宿舍女工大喊：

「XX室，陳若梅外找。」

她班上一位林姓同學來「站崗」。

這林姓男生平日衣著就很花俏，常戴深紫色太陽眼鏡，長髮往後梳得既油且亮，爲人的風評、學業的成績都很不好，他來宿舍門口請若梅去西門町看電影。

若梅很驚訝這林同學膽子夠大，沒掂掂他自己的斤兩竟敢來約她，她可是年年書卷獎，又是文青的氣質，跟林姓同學根本不搭調。但更令人驚訝的是若梅居然答應了這邀請。林同學滿臉驚喜，若梅自己更轉過身伸了伸舌頭，有種將惹禍上身的不安襲上心頭，但她對失眠的恐慌戰勝了一切。

林姓同學大手筆，不要若梅坐〇南公車，而在羅斯福路與新生南路轉角，帥氣地吹了一聲口哨，招來一部計程車，非常紳士地替若梅開車門，直奔西門町。

那天他們要看的是齣喜劇片。在等待電影開場前，林同學緊張兮兮地說了兩個笑話，笑話並不特別好笑，若梅卻笑得花枝亂顫，完全失了自己平日的矜持與儀態。林同學有些詫異地看著她，奇怪自己的笑話怎會有如此好的效果。戲院裡人潮滿滿，也漲滿了歡樂氣氛，這就是若梅要的。她長吁一口氣，斜著身，伸長腿，將自己靠在戲院紅色的椅背上，暫且拋開夜夜等待黑夜與晨曦轉場的焦慮，心情難得的放鬆。

這一夜若梅眞不能讓它太早翻過去。

電影散場後，林同學彷彿看出若梅的臉上寫著「還不要回宿舍，不要回宿舍」幾個大字，所以他請若梅去蜂大喝蜂蜜銀耳紅棗茶，這是當時學生群最高檔的飲料了。若梅不貪慕虛榮，她只貪戀咖啡店裡那不知明日是何日的氛圍。她要在這不夜天的西門町再待久一點。

但喝完紅棗茶，若梅再想不出其他可延宕返回宿舍的點子了。這一夜（頁）終得翻過去。

若梅回到漆黑的宿舍，躺在床上，輾轉反側，怪自己既然對林同學毫無興趣爲何欺騙他，浪費他不少錢。她徹夜焦慮失眠，比待在宿舍不去西門町還要糟糕。

第二天她寫了封信給對方，請他別再花冤枉錢邀請她。她不會再赴約了。黑夜無論多恐怖，她必須選擇獨立面對。她做了這個選擇之後很久，間接聽到一些耳語：「林同學曾在男生宿舍的集體浴室裡，光著身子大吹噓，其實什麼樣的女生他都弄得到手，只要他不輕易放人走。」

若梅走上世俗之路，愛上購物中心，還有一個重要原因，兒子小傑在購物中心的心情特別好，無論他斜躺在推車裡好奇地東張西望，抑或坐在幼兒園區的厚地毯上堆樂高，都讓若梅照顧起來很輕鬆。

星期天，在去購物中心之前。他們全家通常先去 Red Lobster 餐廳，飽餐一頓海鮮。若梅愛點灑有檸檬汁的鮮甜生蠔做前菜，招牌麵包爲主食，主餐是義式蒜香中蝦，搭配甜點焦糖布丁，帶給味蕾完美的滿足。

若梅剛來到美國不久，碰上生日，彼時經濟非常困窘的立群，二話不說，請若梅在 Red Lobster 慶生。以前立群跟他姐夫、姐姐去吃過一次，是他所知道最高檔的餐廳了。立群認爲若梅千里迢迢前來美國和他團圓，在美國過的第一個生日，他當然要竭盡所能地請她吃能力中最好的餐廳。在那兒，若梅生平第一次嘗到一吸就溜進喉嚨裡的鮮甜生蠔。她好似沒眞吃到什麼，但確定有大海的精華在齒頰留香，久久不散。

彼時，立群左手捏著蠔殼，右手拿小叉子叉著大粒生蠔，用無比柔情遊說若梅大膽嘗鮮。從此，若梅忘不了飽含海洋祕密的生蠔，或許，眞正讓她魂牽夢縈的是立群那雙發亮的眼睛。

在美國這幾年，除了漢堡、披薩店、Church 炸雞，若梅沒去過什麼像樣的美國餐館，她認定 Red Lobster 是美國使用最多香料，最美味的餐館，有義大利南方料理的風情，比起血淋淋的美國牛排好吃太多了。（當時若梅並不知道這餐廳是一九六八年在佛羅里達州開張的一間家庭式餐廳，直到七〇年後，才大大擴張到美國各州。所以立群、若梅住俄亥俄州也可享受到。若梅當然更不知道，幾十年後她仍深深懷念這家餐館，也慶幸它依然存在。若梅不知道她痴痴追想的到底是這家餐廳的美味，還是當年那熱力無窮，愛意無限的立群。）

就是這樣的暖暖夏日星期天，一家人吃飽後在購物中心閒逛，午後兩點半，他們開車回到兩層樓的公寓。一進家門，小傑還坐在從汽車後座抱回來的 car seat 裡，身上綁著的安全帶尚未解開，公婆兩人大搖大擺地上樓，進了他們的臥室；立群似乎也沒注意客廳地毯上，坐在 car seat 裡正精神抖擻、左右張望的兒子，一句話沒撂下，也跟著他父母的腳步上樓去了。眼睛睏得快張不開的若梅，尚未轉過神來，樓下就只剩下她和小傑。

小傑失去爺爺、奶奶、爸爸的注意力，馬上張嘴大哭起來，可惜他的哭聲沒有吸引樓上的任何人下來關注。

小傑是個分秒都要被愛關注的小孩，除非有更吸引他專注的新奇事物，譬如電視裡有趣又充滿挑戰的卡通或教學節目。

記得上回外出回家前，立群在加油站爲汽車加油。坐在汽車後座的小傑，對著窗外興奮且重複地發出一個單音。起初若梅不注意他在喊什麼，仔細聆聽好像是M、M……。啊！難道是加油站 Marathon 大看板上的「M」字母？沒錯，就是M。

立群與若梅半信半疑，才二十個月大的嬰兒會認識英文字母嗎？誰教他的？他們快速開車回家，來不及關車房門、廚房門，就衝入起居室。若梅打開剛買不久，尚未來得及教小傑的英文字母積木盒，一個一個字母測試，小傑竟然百分之百的正確。若梅笑了又想哭，仔細追想，她經常會將小傑的推車放在電視前，讓他看電視節目「芝蔴街」裡的大鳥，Ernie，Burt，這些布偶，顏色鮮豔，動作可愛，小傑每次都看得目不轉睛，沒想到那麼小的嬰兒居然在學習，看懂了電視教學。（此時的若梅還不知道後來三歲的小傑，就能朗讀繪本給幼兒園裡的同學聽。）

星期天下午三點，家中電視除了家庭主婦的肥皂劇，沒有轉移小傑注意力的任何兒童節目。若梅在購物中心走得疲累，腦子有如漿糊，懶得讀繪本，編故事，或想什麼花樣來哄小傑，只有一肚子氣。四個大人都愛睏，怎麼其他三人不用思考就上樓休息，留下在車上打過盹，絕不會午睡的小傑給若梅一人顧，好像天經地義就該如此。若梅為這「天經地義」四個字生氣，內心像煮了鍋開水般咕嚕咕嚕直冒蒸氣。今天可是星期天，單獨顧了小傑六天的她，最該有個喘息的機會吧！

原來在婚姻裡忘了自己的人，最會輕易被別人忘記。

平日立群上班，週末總該自動多花點時間陪陪兒子吧，最起碼該與若梅一起陪小傑玩玩遊戲，熬過這惱人的炎炎下午，或至少該假裝問一句：「誰來陪伴精神抖擻的小傑？」血液在若梅體內奔流，喧囂。憤怒沒人珍惜她為這個家的付出，一切就是這麼理所當然。

生氣的人總會聯想起更多氣人的事。幾天前若梅收到臺灣一位大學同學海燕的來信。信中說：「最近被升為雜誌社編輯，仍兼做採訪記者，內外忙得不亦樂乎……」

接到這封信，一股強烈的恐慌襲擊著她，留在臺灣同學都只有大學學位，但各個開始在職場上嶄露頭角了，譬如玲玲進了電視臺做助理編劇了呢。雅琳在國中教育英才。反觀她，雖拿到美國碩士，卻被困在家中一事無成。若梅望著窗外被豔陽照得白花花的世界，內心跌進死蔭幽谷。想著、想著，胸中一股喧囂的紅流，有如火上加油，一發不可收拾。她一時情緒失控，對著無知的小傑，大吼大叫：「哭！還哭！就是你，害得我過這種沒創意的生活。」

喊完了，自己陡然心驚。天哪！這不是在重蹈母親的覆轍嗎？自己童年不就最怕聽到母親情緒崩潰，對著哥哥和自己喊：「就是這個『破家』，你們這些『破人』拖累我一事無成！」類似的劇碼重複上演，一代又一代。

她是帶著「破人」的傷痕長大的，曾無數次宣誓將來若結婚生子，絕不讓孩子走自己曾走的路，受自己曾受的苦，絕不複製母親對她的「指控」，她絕不是破人。言猶在耳，自己怎麼變得和母親一樣對孩子口出怨言呢？果真如此，過去她心中對母親的所有批判都有失公平。

發洩過後的若梅心疼小傑，一把抱起他緊緊摟住，左親右吻，口裡直說：「媽媽對不起你喔。」

這句話，她從小到大很想從母親口中聽到，倒是從未聽過。

隨著小傑的哭聲，若梅兩眼也滾下大顆淚水。

她心裡眞正埋怨的不是孩子，而是一直留住不走的公婆。公婆來兩年多了，完全不碰家務，不但沒幫上一點忙，反而大大增添若梅的負擔，更霸占了立群公餘的所有時間與精神，使她與立群從早到晚難有單獨相處說話的機會。

某個晚上，立群較平日提早於九點多回房後，第二天婆婆就用酸溜溜的調子挑釁：「立群現在心裡只有太太啦！九點多就進房，不陪爸媽聊天了。」

若梅心想這母親也太自私，一點也不疼惜早出晚歸的兒子。她以爲立群會說兩句公道話，爲他自己的身體，或夫妻倆的私生活爭取一些權力。沒想到立群居然只是尷尬地紅著臉，不置可否。若梅氣不過，事後抓到機會，就冷冷地對立群說：「你該搬到你父母房裡去睡，聊天才更方便哩！」

說這話時，她彷彿看到籠中一隻溫馴的白兔，逐漸在蛻變，身體不再是純純柔軟的白毛，而混合著雜色的硬鬃，前足後趾也露出尖銳的爪子，隨時可以自衛，可以傷人。

傍晚時分，天際線有幾抹奇豔的雲，夕陽透過窗紗將金色的光灑進來，客廳與廚房有過度感光的亮，公公又像往常一般點起當晚的菜單。站在廚房洗菜的若梅，仗著嘩嘩水聲，冷冷地反駁：「要吃什麼，你們可以自己做嘛，比較合胃口。」平日公公經常誇獎若梅多賢慧，此時愣在當地，不知如何接話。

經過這一回，若梅的膽子越來越大，以往爲做個好媳婦的那些壓抑、忍耐、委曲、求全，變成她難以承受的重，她開始擺一張沒有溫度的臉對待公婆。

立群下班回家，原本心情愉悅，但一轉身，一旋身，看到的都是一座冰山。他忍耐好幾次之後，某日悄悄關起房門，低聲下氣地問：「你到底有什麼事情不高興嗎？」

「哪有什麼事值得我高興？整天在家做飯帶孩子，不用大腦，就不高興！」若梅沒好氣地回嗆。

「難道你以爲海外留學生，只有你一人做家庭主婦嗎？」立群耐著性子開導她：「美國還有人頂著博士學位，也高高興興地待在家裡相夫教子，爲什麼你就不能呢？」

「拿了博士學位不去貢獻，對個人與社會都是一種浪費，我才不能苟同！」若梅不願在柴米油鹽的徒勞裡將自己燒個灰飛煙滅。她爲愛情走入凡塵，這才發現凡塵有多寂寥。結婚好幾年，立群似乎沒發現她的心尚漂浮在空中，不肯腳踏實地，而立群選擇逃避話題，不敢面對討論，總是不了了之。

立群感覺若梅變了不少，不再是他心中那溫順如貓的女子，比較多了花豹般的氣勢。爲了息事寧人，他暫且不多說話，讓沉默蕩漾於他倆各自運行的軌道。

幾個禮拜後，立群又嫌若梅在自己父母面前的臉色不好看，忍不住再關起房門悄聲數落若梅，最後他補了一句：「虧你還是中文系畢業的呢，你的中國古書都讀到哪裡去了？難道不明白侍奉翁姑的道理嗎？」

「中文系」是若梅此生努力編織的桂冠，這三個字，勾起若梅多少在臺灣校園時代的榮耀、光環、夢想與期許，本來以爲那是人生爬升的起點，美夢開展與實踐的基底。現在才知那就是她人生的最高峰，是她跌落谷底的轉折。「中文系」這三個字更勾起這兩年多困在家務中深層的痛。她突然尖起嗓門回應：「噢，你還以爲我們中文系念的是三從四德啊？你未免太幼稚了！告訴你，我們學的是如何欣賞文學詩詞，如何研究文字、聲韻，從來就沒學過如何奉養翁姑，伺候兒女。對不起，你可娶錯了念中文系的人做太太！」

若梅心中的怒火如炙燒過的尖針，燙傷自己的口與舌，更刺痛立群的心。他娶錯太太了嗎？

在這家裡，立群一向是備受尊敬的大哥，他承擔最多的責任與辛勞，爲了養家，驕傲的他硬吞所有在白人世界打滾的屈辱與艱辛，豈能再忍受曾經溫柔婉約的小妻子若梅這般挖苦？他「啪」的一聲拍桌怒喝：「你還沒去念博士呢，就如此囂張，開口閉口罵人幼稚，要是你去念個什麼博士回來，那還得了？還會把我這丈夫放在眼裡？告訴你，你的博士夢甭想做了，我才不做冤大頭花錢供你念博士。」

這句話在立群心中憋了許久，就怕措詞不當，會傷了不面對現實還在象牙塔裡做夢的若梅，一直忍耐著不說，沒想到若梅最近轉變太多，逼得他再也壓不住。結果這些話就以最難聽、最粗糙、他最不想的方式蹦了出來。說完，他有些不知所措，趕快甩門掉頭走人。

若梅自結婚以來，就一直被立群捧在手掌心小心呵護，何曾被他這樣指頭指臉、破口開罵？若梅看不見自己嗆人時的尖銳與醜態，只被立群兇狠的態度與惡毒的口氣嚇到，立群怎麼翻臉如翻書，翻成一個她完全不認識、也沒有一絲情分的人了？

她眞後悔自己當初為什麼離開滋養自己的土地，若留在那兒，怕不早就和其他同學一樣有理想的工作與不錯的收入，要請人帶孩子，或繼續深造，都可以自己作主吧，有誰能說一個「不」字。想到這，若梅來美國四年，第一次打心底認眞否定自己為愛情所做的抉擇。她錯了，後悔了。

當心中餘火漸燒成灰，連寂寞都枯槁了，她覺得冷，好冷。她曾經是隻和平白鴿，跨海跨洋，信賴天空。現在她不知該信賴什麼。

窗外有烏雲飄過，帶來風，帶來雨。明天會是怎樣的天氣？她望向路邊成排的橡樹，樹幹高大，枝葉茂密，她不熟悉它們，它們能遮風擋雨吧？但怎麼現在它們看起來都惶惶然地張望著不知名的遠方。

第十三章　攬翠小築

在俄亥俄州市區西郊一片玉米田中，有建商開闢出一條柏油路，路兩邊準備蓋房子。仲介公司預售的時候，立群、若梅去參加說明會，然後緊緊張張地交給仲介幾年來他們省吃節用存出來的頭期款三千元美金。兩人一直擔心這移民異國白手起家的血汗錢會不會被坑騙，後經仲介公司一再保證這錢將存放於專戶，任何銷售業務員都拿不到也碰不著。他們兩人才放心地走出預售屋辦公室，開始編織入住新居的夢想。

他們買的是一千五百平方英尺，三臥、兩衛的二層樓房。對美國中西部居民，這算是小房，但對赤手空拳來美國打天下的立群與若梅來說，這可是人生的一大躍進，尤其在沒有長輩的任何金援之下。

他們挑選的房型，一樓外牆用花崗岩裝飾，二樓的白木板釘著交叉的黑木條，落地玻璃門都打著小方格子，屋頂很斜，有歐洲都鐸式的風味。來美國才四年就擁有自己的房子，立群、若梅二人都很驕傲，他們在新屋前院後院拍了不少照片寄給親友，若梅尤其喜歡新居黃褐色花崗岩帶給她堅固踏實與華麗的美感。

若梅將新居的客廳與通往二樓的樓梯鋪上大紅地毯，好像犒賞自己走星光大道的獎勵。主臥地毯是暗橘色，爲了遷就大減價買來的暗橘色落地窗簾。公婆搬走後，他們終於可以將兒子的小床搬離主臥室，搬進鋪著深藍地毯、刷著淡藍油漆的房間，至於鋪鵝黃色地毯的小書房，只能放一張雙人沙發、半個牆面的書櫃，就填滿了。若梅從臺灣帶來的文學書籍，她與立群研究所的原文教科書、參考書終於有了像樣的歸宿。

當一切安置妥當，若梅很滿意地泡杯香片，站在二樓走廊左右欣賞，結果發現每個房間都小，走廊也窄，地毯非紅即黃或藍，是眼花撩亂的彩色拼圖。這才想起，柏南與素貞家的地毯，只用一種顏色，淺灰，既時尚又大氣。哎，可惜太遲了，無法更換，經驗也是要用錢累積的，下次換大房時再好好研究地毯顏色吧。

有了房子後，若梅來回在航空郵簡上和臺灣的母親討論新居的名字。她想用「翠微閒居」，母親說這房子是他們唯一的住家，用「閒」字不妥。後來若梅與母親倆合議爲新居取名「攬翠小築」。房子前有草坪，後院連接無邊無界的玉米田，春天、夏天，若梅在二樓臨窗遠望，眞是一片綠野，一片欣欣然。這是父母的家鄉華北大平原才有的景觀吧。難怪來到美國中西部，若梅才讀懂古詩詞中的許多境界。

若梅的父母親從他們住的小鎭專程跑到臺南市，找師傅訂做一個深棕色木匾，塗上金漆「攬翠小築」四個大字，然後千里迢迢用船運送到美國來。立群爬上梯子釘釘子，若梅在下面用雙手小心翼翼地托著木匾，兩人合作將它掛在門前柱子上，好像在向整條街的老美鄰居宣示，這裡住著一戶中國人家。

木匾之下，有立群親手打造的石亭與卵石造景，若梅從花木市場買回橘紅與金黃的鬱金香、嫩黃洋水仙、紫色鳶尾，種在造景之間，期待來年早春，新屋會開出繽紛色彩，算是慶祝他們在異鄉又重新站了起來的儀式。

新居後院有水泥鋪的露臺，草坪正中央有一個高腳圓型淺盆，專用來盛接雨水，給鳥兒沐浴、喝水之用。若梅在淺盆邊吊掛幾只鳥兒餵食器，爲吸引各色鳥兒，如北美紅雀、知更鳥來院中玩耍。若梅對養貓狗等寵物的興致不大，獨愛觀鳥。北美紅雀穿一身豔紅羽衣，還頂著如小雞冠般的羽毛小帽，漂亮極了，牠的歌聲又美，是若梅與附近鄰居們的最愛。知更鳥胸前一片粉色，會最早捎來春天的訊息。牠們穿梭於若梅庭院中的波斯菊與矮樹叢間，爲若梅的後院畫了好幾道彩色的音符。

若梅興致勃勃地去買壁紙，利用自己剛學來的貼壁紙技術，從樓上浴室開始練習。異鄉寄居久了，若梅由最初的新鮮驚豔、鬱悶懷鄉，到逐漸適應，懂得觀察美國的不同與優點，譬如因爲人工貴，什麼事都鼓勵大家DIY，賣壁紙的地方就有貼壁紙教學。原來貼壁紙很簡單，比起寫研究論文輕鬆太多了。不過就是買正確的刷子、工具、漿糊，費些體力刷勻漿糊爬上爬下丈量。唯一的訣竅是貼的動作要俐落，別讓空氣跑進去，發現氣泡一定要重新撕開貼好的部分，用塊布迅速撫平表面，將氣泡擠出去。

若梅不喜歡柴米油鹽的重覆與瑣碎，但對貼壁紙這項較有創意的新鮮工作倒是做得很起勁，她尤其享受挑選花樣的片刻。她利用小傑休息、玩耍、看電視教學節目的時間工作，要不然，她會割一小塊壁紙給他，附帶一把小刷，讓小傑在身旁一起忙碌。

若梅先試驗裝潢樓上的浴廁，成功後，她開始貼樓下廁所，老美稱之爲 powder room。powder room 最初可能是女性補妝撲粉的小房間，家中訪客最有機會用到這間樓下廁所，所以一般家庭很重視這間小房的質感，都會用心布置，譬如掛大面鏡牆，放成套的繡花擦手巾等。若梅精心挑選較高檔、可防水的銀紫緹花壁紙，擺個長頸雅致花瓶，她還用同款壁紙包裝垃圾桶，連衛生紙都精挑有顏色花紋設計的。若梅對一般家事很覺無聊，但對動手布置新居卻興致高昂。她一個一個房間布置，等貼壁紙的技術純熟了，就開始貼樓下面積較大的廚房與餐廳。

眼看一面面蒼白赤裸的牆壁，被她像包裝禮物一樣包裝成華麗或典雅的藝術品，她好有成就感，似乎淡忘了不能出門的苦悶。

若梅的公婆在他們家住了兩、三年，因爲發生了一些事，終於離開了他們。

若梅爲了討好公婆，早在公婆未來之前就先和立群苦練廣東話。她公婆其實都會說國語，有必要時，譬如去芝加哥參加中華民國來的國畫展，見到領事，他們會捲起舌頭努力說廣東口音極重的國語，他們也曾在大姐家遇到臺灣朋友，都用國語溝通。但他們不願在媳婦若梅面前說，似乎這樣就把自己放在較低的位置了。自從她們住進家來，永遠是若梅勉強用彆腳的粵語和他們溝通。若梅這樣的貼心遷就，並沒有人誇獎，只被視爲理所當然。後來，公婆還有更進一步的要求：

「小傑是廣東人的長孫，一定要會說廣東話。」

「爲了讓孫仔講粵語，係屋企唔講國語了。」

此時的小傑才是個七個月大的嬰兒。離學說話距離還遠得很。剛開始，若梅根本沒把這事放在心上，老人家嘛，就是傳統保守，別跟他們認眞，自己愛講什麼照樣講就行了。直到有一天立群在飯桌上似無意卻有意地說：「爲方便小傑學習，我下班回來後，全家就都講廣東話！」

立群的口氣似乎沒有商量的餘地，純粹決定性政策之布達。正在扒飯的若梅，差一點被噎住，她不敢相信自己的耳朵，立群怎麼會有這種觀念？

兩人從臺灣相識到相戀，一直說國語；結婚、生子住美國，他們被生活中頭等白人、次等黑人，一律歧視歸納爲外來三等移民，還將他們與日、韓、東南亞人都混淆不清，總是說：「You guys all look alike.（你們都長得一模一樣。）」立群與若梅兩人飽受美國人的輕視與忽略，只能連成一體求生存，怎麼還會有什麼省籍好分！省籍問題在他們兩人之間從來沒有存在過。現在有了公婆，生出第二代，家中突然多了「政治議題」，若梅突然被劃成了「外省人」，而這外省人不可以對自己的兒子說華人最通行的華語，硬要講方言。要講方言他們張家人可以盡量說，大肚量的若梅從來沒計較過。但若梅的同理心並沒有得到對等待遇，現在她要面臨喪失說自己母語的權力了。何況她的粵語很彆腳，怎麼教小傑呢！總不能每天只是對著孩子說「飲奶奶」、「換屎片」這些最簡單的粵語指令吧。這可會大大限制了嬰兒跟母親學語言的機會呢！

立群以夫家爲本位的轉變讓若梅吃驚，或許這不是轉變，而是立群的本性？果眞如此，他也算掩藏得高明，或是若梅自己昏頭，在熱戀暈船中從未能認識眞正的立群？若梅以爲這個家是他與立群的愛巢，現在才發現她在這個家裡什麼都不是，不過是替男方家族傳宗接代的工具！她以爲在立群心中她擁有最高的地位，現在她才知道要姓「張」才重要，「張仲傑」這個生出來才半年多的不懂事的嬰兒，比太太、母親陳若梅重要多了。做母親的不能用自己最擅長的母語和孩子溝通，孩子在語言上的學習損失很大，若梅在美國學的可是教育系，一個教育碩士在教育自己孩子方面竟然做不了主！

從此，忙完家務事，公婆、兒子都在午睡的空檔，若梅開始望著臥室的窗口發呆，彷彿看到窗外有個孤單靈魂，躲在藍天一角，向她招手。她幻想不會開車的自己如何振翅高飛，飛出這個不屬於她的家。家不是家，就該是枷鎖了？她自己也頗驚訝，怎麼突然就有了想「離開」的念頭？她和立群可是一見鍾情，苦戀多年才結成婚的。那刻骨銘心的愛去了哪兒？這麼經不起日常瑣碎的磨損？婚姻生活若如蝴蝶雙飛，在半空畫著美麗的弧線，那單飛會是什麼模樣呢？

就在這沮喪的時刻，若梅在《世界日報》上讀到一則消息：一位當紅藝人因爲丈夫一再出軌，在夜黑風高的夜晚，帶著才一歲的孩子，駕車逃離陽明山夫家豪宅，決心做個靠自己工作撫養小孩的單親媽媽。

若梅以前總是將藝人歸類爲和自己不太相關的群組，讀了這則消息，她第一次領悟原來藝人也可以很有想法、很能吃苦，她內心對這個藝人的膽識與勇氣，生出萬分的尊敬與佩服。

分手的念頭一出現，就像三秒膠黏在心口，再也擺脫不掉，甚且生了根、發起芽來，終於有一天在爆發的爭吵中，張牙舞爪地伸出猙獰的面貌。

那一天傍晚，公婆如許多往常一般，穿著華服外出逛街購物，又跟大姐去養珠店兜了一圈，度過有滋有味的好時光，準時五點回家，等著吃若梅照顧幼兒、洗衣、打掃，在廚房洗菜、剁肉、切蔥、搗蒜，用最快速度做出來的四人晚餐，三菜一湯。

若梅看一眼被大姐夫送回家等吃飯的公公婆婆，就一肚子酸水。她沒有打招呼，沉張臉，擺飯菜、碗筷。晚餐時，公婆、立群都看出若梅又有情緒，個個小心翼翼地悶頭扒飯，不吭聲。吃完飯，公婆趕緊上樓，躲進臥室裡。若梅把筷子一擺，冷冷地開始挑釁：「怎麼，伺候完了晚飯，還都要我來收桌子、洗碗？」

說完，若梅氣沖沖地上樓，砰的一聲甩上房門。此時立群從樓下追了上來，走進房門，一手指著若梅，高聲責問：

「你不高興做飯給我父母吃是嗎？以後下班回來由我做他們的飯菜，你只管做你自己一人就夠了，他們的碗我也會洗，怎麼都輪不到你來教訓我的父母啊?!」

若梅因為昨晚被小傑吵得又失眠一晚，白天如常得做所有家事，並伺候大小五口餐食，又累又委屈，想藉機在立群面前要脾氣，得到多一點的疼惜。她期待立群會好言寬慰哄勸，說幾句甜言蜜語，假裝批評自己父母幾句，譬如說：

「他們就是不長眼色，那麼無聊怎麼也不幫忙做點家事，就愛瞎逛瞎拼。」「算了，你不跟他們計較，我多幫忙就好啦！」等等，虛與委蛇一番，再送上一個大擁抱，讓若梅順順氣嘛；沒想到立群很認真地站在他父母那邊，與若梅畫清界線。若梅被真正劃成了外人，一股急憤塡胸，她毫不思索地拿起床頭一個玻璃杯，就丟了出去。杯子正好砸到梳妝檯的大鏡子上。「嘩啦啦！」一聲巨響，玻璃杯被摔破，鏡子也留下一道明顯的裂痕。

隔壁的公婆被這聲巨響嚇得急忙推門進來，立群看到自己父母來，好像突然有了後臺支撐，乾脆指著若梅，對他父母數落：

「你們來得正好，聽聽這位寶貝媳婦說了些什麼啊……」

立群沒說完，若梅急得大叫：「不要說，不要說！」

但若梅反應再快也攔阻不了立群舌尖滾出來的抱怨，他用食指比著若梅，向自己父母告狀：

「你們這位媳婦，一天到晚抱怨你們不幫忙做家事、光嘴巴說愛孫，卻從來不顧孫，只會增加她的負擔。你們自己看看該怎麼辦吧！」

立群很愛在父母面前表現，尤其是他父親，他一心一意想帶領著若梅在父母面前演出祖孫三代、美滿同堂的樣版。偏偏若梅還想著發展自我，不太配合。立群夾在父母與若梅之間久了，心也疲累。但他的手足各奔東西，僑居家鄉無人陪伴，父母不願回去自己的家。目前其他手足也都在打拚起步的階段，沒人開口要接父母長住。情況最好的大哥，偏偏跟父母最不合，不可能住在一起。此時立群上了一天班，好累，疲於應付若梅的情緒，哪有什麼溝通的智慧與耐心，只急於擺脫兩難，就把若梅在床頭跟他抱怨討拍的話都抖了出來，拋了出去。

若梅對公婆的不滿一直隱藏在心裡，最多會拉長臉不講話，或朝立群身上發作發作，她可還是堅守禮數，從未在公婆面前說一句難聽的話。大家住在一起，總得維持一個虛假的友好關係。沒想到憋不了氣的立群，忍不住撕下了若梅努力維持的面具，這等於撕下她最後的衣服，讓她一絲不掛地裸露在公婆面前，沒有退路可走了。

若梅羞急得無地自容，用力拔掉手上的結婚戒指，使盡全身力氣摔出去，一面歇斯底里地朝著立群又打又喊：

「怎麼辦？你的父母能把我怎麼辦？張立群，你看我孤身在美國無親無故好欺負，想要欺侮我嗎？你要全家人來欺侮我是嗎？好，那就離婚，我再也不要見到你們姓張的任何一個人！我跟你們沒關係，你們又能把我怎麼樣？」

受傷的若梅，迸出口的言語如打破的杯子，尖銳割人，她內心更如滿地的玻璃渣，碎成片片。

聽到這些話，若梅公婆趕忙退回自己臥室去了，立群也感受到「出賣」若梅的危機。他先在地上努力找尋那顆小碎鑽結婚戒指，價値雖只有一百美金，可是當年他努力打工，分期付款買來的信物。他在牆角找到後，使勁地抓住若梅的左手無名指，硬要把戒指再套回去。他一面套一面說：

「若梅，我講錯話了，請你先安靜下來好不好？」

立群會做好丈夫，會做事，但他自尊高，絕不是會說好聽話的丈夫，這幾句話就是他的極限了。

時間過了多久沒人注意。若梅終於不再歇斯底里地喊了，也不再打了，但她那淚水，無論如何都止不住，胸中好像有個要洩洪的石門水庫，兩年多來累積了過多的雨水，幾個鐘頭都洩不完……若梅一面哭一面想，好像有人說過：「女子走入婚姻後，乳水餔養孩子，汗水滴在家務事，剩下的淚水呢，餵養自己的枯乾心靈。」

若梅還在抽抽噎噎，立群已經轉身忙著找透明膠彌補那有裂痕的梳妝鏡。若梅淚眼模糊，看著破了的鏡子，想到以前念書時讀過「鏡破釵分」這句成語，故事說南朝之中的陳國快滅亡了，駙馬徐德言與妻樂昌公主，估計不能相保，就將銅鏡一分為二，雙方各執一半，分開行動，相約於正月十五日當街賣破鏡來取得聯繫。後來他倆還眞因賣破鏡而重圓了。想到這，若梅悲從中來，她和立群還能破鏡重圓嗎？眼淚又流個不停。

立群不知該再如何安慰，他就是務實，忙著修補鏡子，不捨得這大梳妝鏡裂條縫，多可惜，他可不想花錢再買，就靠自己一雙巧手來補，將就著先用吧。至於兩人婚姻中的裂痕，內心的裂縫，是可彌補的嗎？該用什麼來補呢？或許這才是更重要的問題。但立群腦袋已經亂成一團，一時沒有答案，他懶得花心思去想。

和務實最搭不上邊的若梅，心裡的坎依舊過不去，看著立群補完鏡子，又忙著到樓下去照顧還在推車裡睡覺的孩子，她覺得立群並不如想像中浪漫，還眞不懂女人的心，力量都用錯方向了。她扭頭看窗外，心裡默默哼著她中學在合唱團最愛唱的一首曲子〈山在虛無飄緲間〉。韋翰章塡詞，黃自作曲。「幾許恩愛，多少痴情種？離，合，悲，歡，枉作相思夢。參不透，鏡花水月畢竟總成空……」她反覆咀嚼「鏡花水月畢竟總成空」這幾個字，覺得很搭配她現在的心境。什麼情，什麼愛，到頭來就是一場空。

經過這一場鬧劇，兩個星期後，公婆就婉轉藉著返回僑居、香港等地拜訪老朋友的理由，離開了他們，在立群與若梅的生活間留下好大的空白。過去兩年多，生活在立群的大括號裡，若梅好像是一長串文字最後的一個小逗點，過慣了如此擁擠的日子，她一時還不知該如何把自己的位子向前挪，挪向立群身邊呢。若梅當初愛得義無反顧，現在會不再回頭嗎？

第十四章

帶著舊傷口往前奔

俄州六月初的陽光像麥芽糖，甜甜地鋪了一院子，豔紅的罌粟花撒上星星點點。它的種子迷幻人心，花朵更魅惑人眼，夏季的熱就從這花的絢爛洶湧而來。

目睹兒子立群與媳婦若梅一場大爭吵，立群父母提出去香港看朋友，離開了俄亥俄州。他們從香港旅遊回來後，輪流在幾個兒女家住了大半年，覺得二兒子立群對他們最好，但不便再打擾他的婚姻。最後這兩位在家鄉因兒女離巢曾獨立生活多年的老人，決定在美國也要獨立生活。

立群父親開了一輩子的汽車，來美國這段時間，他觀察在地人開車非常遵守交通規則，只要不上高速公路，在郊區開車很容易，他覺得自己應付得來，就選擇定居四季溫暖、華人多的洛杉磯，靠近小女兒。小女兒外向、膽大有衝勁，愛照顧人，小女婿聰明擁有碩士學位，大學就在美國讀，英文更好，又了解美國民情。兩老遇到大事可問他，至於家中小事一概由小女兒決定。小女兒幫父母找房子，替他們租一房一廳的小公寓，房租由眾兒女們分擔。立群父親不到七十，母親不到六十，身體頗健朗，確實無需別人伺候。他父親考駕照的筆試，靠市政府提供中文翻譯協助過關，路試先由女兒們輪流帶上路，練習幾次就過關。他們住處不在市區，也不在華埠，而是治安較好的小區，附近不遠有個商場，正好供兩老消磨打發時間，立群父親多半會找個地方坐下來喝杯咖啡，母親則逛商店，即使什麼也不買，光看花花綠綠的商品，走到兩腿痠痛，也就心滿意足地回家。後來大女兒在不遠處海邊開了家服飾店後，兩老更多了個去處，常開車去海邊看漁夫釣魚，在小燈塔旁的海鮮餐廳吃盤炸魚排、薯條，配碗蛤蜊濃湯，順便跟漁夫買條鮮魚回家，晚餐也有著落了。兩個老人在異國獨立站了起來，這一點深深鼓勵著若梅。連老人家都獨立了，她還有什麼藉口。

父母一走，立群馬上結束在小商場的養珠店，剩下存貨還都轉賣了出去。晚上一下班就早早回家，整個晚上除了小傑，沒有人來和若梅搶時間了。日子裡像裝了一個水龍頭，要開、要關，都掌握在若梅手裡；生命也如流水，要涓細，要澎湃，也都看若梅了。一家五口變成她眞情摯愛的二大一小，雖然仍做著類似的家務，但心情就是不同。太陽底下懸著滴水的小衣、小褲，若梅望過去是一整排小傑童稚的笑臉；烘乾機裡輾轉著她與立群的衣物，像是她與立群緊緊纏綿的軀體，看著看著她還會莫名的燥熱。每天的午餐、晚餐，若梅決定做多、做少，或根本不做，買漢堡、吃披薩。有時若梅也會興致勃勃地下廚試個新菜，雖然做工複雜，在廚房忙半天，但她不喊累。原來她並不是不喜歡俗務，而是不願被固定，被框架，她要自己做主，建立自己的生活模式，那就是「沒有模式」。她不但繼承母親天秤座愛美的事物，也具備父親射手座崇尚自由的個性，她需要的心靈空間很寬。

父母離開後，立群也比較回復到原型。他從同事那兒打聽到附近一家酒館，換了新樂隊，爲了開發客源將舉辦社交舞比賽。立群躍躍欲試要報名參加。以前在立群家中，愛跳舞的母親除了親自傳授兒女跳舞，還常找場合帶他們去見習。

母親曾帶著他們參加當地國際婦女協會舉辦的國標舞大賽，兄弟分別奪魁。立群的哥哥是探戈王子，立群擅長華爾滋，姐妹是他們的當然舞伴。所以鄰居、同學都喜歡參加他們家的青春派對，唱機播放當時最流行的黑膠唱片，“Puppy Love”、“Oh Carol”、“Put Your Head On My Shoulder”。他們最愛模仿偶像保羅‧安卡高亢年輕的嗓音，唱出內心的狂野與悸動。他們那兒的學校沒有髮禁，各個吹著貓王高高拱起的西裝頭。

在當地政府做官的父親，建議他們開派對時，煮一大盆地瓜薑糖水來招待朋友，立刻被他們打槍：「我們又不是唱廣東大戲！青春派對怎可如此大鄉里？老土！」他們七手八腳用汽水，加食用顏色，大冰塊，調出淡藍色冒著白煙的時髦飲料，覺得這才是走在時代前端的城市青少年。

立群、若梅大學時代，最流行的課外活動除了去鷺鷥潭、情人谷郊遊，就是開舞會，雖然並不完全合法，但只要經過教官核准，工學院可用系辦名義邀約其他如中文、外文系女生多的系合辦舞會。一般大學生只會跳跳社交舞，立群卻有國標的架式，舞姿舞步都技壓群草，何況他人高又特別挺，五官立體，從深凹眼窩射出來的眼波，迷惑舞會裡多少荳蔻年華的女生。他和若梅就是在舞會認識，從此雙雙出席校園多次舞會，立群是若梅最佳舞師，引領小書呆子走入舞曲的華麗世界。

自從生了孩子，立群父母又來一起住，立群、若梅極少單獨外出，連看個電影都一定全家出動，更未曾跳過舞。立群提議請鄰居十三歲女孩麗莎當保母顧小傑，他們出去情調一番。若梅乍聞此訊息，內心雀躍萬分，莫非立群曾經的浪漫要回來了？她不懂懷念二人世界，懷念打扮亮麗的自己，也懷念過去的青春。

若梅才將小傑放入保母懷中，小傑立刻放聲大哭，哭聲摧心裂肝，無限擴大，彷彿他要被若梅永遠拋棄一般。若梅好心疼，她該怎麼讓小傑明白媽媽只是去 happy 兩小時，不會拋下他。小傑的淚水與漲紅的小臉似乎倒映她自己小時候，因某次午睡不醒，被父親帶哥哥去醫院看母親，將她一人丟在家中好長一段時間，當她在黑漆漆的屋裡醒來，那種可能被遺棄的恐懼與委曲，永遠難忘。

立群的大手緊緊握住若梅的手，頭也不回地往大門走。若梅的心被撕開，她當然渴望和立群獨處，但又放不下小傑。她既納悶也羨慕，爲什麼立群完全沒有她這種內心的糾結？怎麼如此輕易轉身切割？男人都如此嗎？或許立群也不懂她這女人到底在牽絆什麼？出得前門，她跑到後院想從客廳落地窗偷看小傑。還沒看清楚，又被立群的長手臂拖走了。還粗聲問一句：「你不想跟我約會啊？有了孩子你心中還有我嗎？」

「他居然吃孩子的醋！這孩子不是他要創造出來的嗎?!」若梅心裡這般嘀咕，但沒說出口。立群汽車已經開遠了，若梅耳畔仍縈繞著小傑的哭聲。

一進入酒館，若梅張大眼睛，被酒館裡各種顏色、聲音、光影與味道吸引，視覺、聽覺、嗅覺瞬間全都打開：天花板高高低低垂掛著裝飾品，吧檯閃著霓虹燈管，雞尾酒有藍有紅；洋芋片、爆米花夾著女人身上散發的香水味，是當時流行的ＹＳＬ名牌 Opium（鴉片），讓空氣充滿了膩香，這是若梅很熟悉的味道，因爲立群曾送過一小瓶給若梅，即使經濟不寬裕的時候。

他們和其他客人陸續報名跳舞比賽，比賽共分三組，有四步、慢華爾滋與吉魯巴。立群報名慢華爾滋，他最有把握，尤其他的左旋身、右軸轉、與交叉花步，來自他母親的眞傳，一般老外並不擅長。

酒館樂隊開始演奏暖場，人聲也更喧譁，曲目剛開始以鄉村、爵士居多，法蘭克・辛納屈的“My Way”，約翰・丹佛的“Back Home Again”，芭芭拉・史翠珊的“The Way We Were”，安迪・威廉斯的“Speak Softly, Love”……

別說跳舞，光是沉浸在浪漫情歌裡，投身於立群的懷抱中，她已經如烤爐裡的麵糰，慢慢發熱膨脹。酒館裡的老外也紛紛下場，但舞步多以左右搖晃的四步爲主，沒有太多變化。當快節奏的吉魯巴出來，若梅才見識到美國人的活潑曼妙，性感嫵媚，尤其他們各個胸脯大，強烈的律動更顯波濤洶湧，誇張的耳環前後劇烈搖晃。

暖場二十分鐘後，主持人宣布比賽要開始了，每隊限報一組，跳兩支舞曲，由三個裁判評分決定名次。立群選的曲子是“Moon River”與“You Light Up My Life”。這兩首歌他們跳起來特別有默契，若梅的舞技完全是立群一手調教出來，只見她半仰著頭，眼睛盯著立群的雙眼，身體貼緊立群，把感官全部打開，要旋轉、要下腰、要停頓，全聽立群在她後背的手指暗碼，甚或他每寸肌膚發出的指令。她穿著黑色合身上衣與飄逸的長裙，要把各種交叉旋身做出如S形的流線，不落拍、不出錯。

或許因爲他們是全場唯一的東方人，或許因爲他們最年輕，裁判給了同情票？立群與若梅獲得慢華爾滋組冠軍，獎盃銀藍色，頂端有一對曼妙舞者。當地小報記者來採訪，鎂光燈閃個不停。這個夜晚的五顏六色和平日若梅枯燥無味的日子相差甚遠。何況立群替她點了有蘭姆酒的 Mai Tai 雞尾酒。若梅在酒館一直亢奮著，秀髮遮掩半邊臉，顯出好久不見的嫵媚，話多，聲音也大了，立群隨口說個笑話，她就咯咯地笑得好甜蜜。立群暗示若梅留點精神，早點回家。路上若梅一直興奮地抱著獎盃不放，但一進家門，看到麗莎，她突然如美夢初醒般想起了什麼，她由女人變回了母親，立刻衝入小傑的房間。站在床邊俯視。小傑嘴裡咬著一角他最愛的嬰兒被，眼睫還有淚水，他是哭累了睡著的吧？若梅眼眶泛紅，立刻放下獎盃，推開立群，彎下腰，輕輕抱起兒子，貼近自己臉頰，不自覺輕哼起布拉姆斯的〈搖籃曲〉。小傑的鼻翼有細微的顫動，是聽到媽媽的聲音，還是聞到媽媽的味道？緊繃的臉蛋兒開始出現柔和的線條。若梅陶醉著，完全忘了在酒館裡她對立群的承諾。立群在床上等著等著，睡著了。

枝頭蟬聲急切，夏天要進入尾聲了，立群、若梅研究所學校的夏季露天音樂會也將結束。他倆還是研究生時，在漂流加漂流的日子中，被課業、金錢、違法打工的移民身分重重壓到河底無法透氣時，他們會花兩元美金，買音樂會「最高享受」的票，相互依偎在月光與清風裡，讓美國一流藝人的演出撫慰兩顆失落的心。這包括歌星安迪・威廉斯的"Tonight"、"Moon River"，立布拉奇（Liberace）的鋼琴演奏，百老匯的音樂劇《西城故事》等等。若梅印象最深刻的是Liberace，他披著鑲滿鑽石的黑斗篷，雙手戴滿璀燦奪目的戒指，在琴鍵上奔馳，他把李斯特、蕭邦等古典鋼琴演奏，變成閃亮亮的時尚秀。多年之後他過世，曾經的同居人才公布了他的同志性向。

現在立群與若梅環境好轉，如浮出水面自在呼吸的魚兒，卻因小傑，很少參加藝文活動。偶爾貪看電影，會把小傑一起帶進戲院，哄他午睡。電影出現成人鏡頭，立群拿毛巾遮小傑的眼睛，沒想到小傑在毛巾下會用粵語悄聲問：「女人沒穿衣服啊？」原來他早就被「汙染」了。

若梅在報紙分類廣告上看到了一則大學推廣中心夜間部徵求中國文化教師的廣告，一星期上一次兩小時的課。若梅猜想這是因爲季辛吉首訪北京，美國與中國建交，在美國逐漸開展的中國熱，已經燃燒到相當保守的俄亥俄州來了，雖然若梅從未忘記那個十二月十五日悲痛的夜晚。卡特政府發表驚人的決定——與臺灣斷交、撤軍、毀約。她一時慌亂猛打越洋電話給臺灣南部的父母，要他們做些準備（她並不知道要父母做些什麼準備），結果發現父親如常去教書，母親反應還不如她激烈，掛上電話，她惶惶然也不知該做什麼好，就在日記上狂罵卡特政府無情無恥，狠狠發洩一番後，和立群看電視轉播，看臺灣愛國青年徹夜圍繞美國大使館示威、抗議、丟雞蛋，她邊看邊流淚痛哭，痛恨自己身在美國，不能與同胞沿街高唱愛國歌曲：「青海的草原一眼看不完……只要黃河長江的水不斷，中華民國，中華民國，千秋萬世，直到永遠……」她在電視機前跟著一遍一遍地唱……

十二月三十日，《世界日報》頭條"A Sad Day in American History"，大標下刊登降了一半的青天白日滿地紅國旗，最後一天羞辱地、哀傷地飄揚在美國首府華盛頓……

元月一日，若梅心情鬱悶，但仍按原計畫約請好友吃飯，因爲他們的親人從香港高中畢業後來本州州立大學念書。若梅趁機問問她學校華人留學生的反應如何，年輕人若無其事地說：「考試要緊，誰管政治啊?!」典型的務實香港人，下面還加了一句：「斷交以後臺灣的學生來不了美國了吧?」怎麼聽起來有幸災樂禍的味道?若梅頓時覺得自己做的菜都泛著酸味，她簡直食不下咽。原來同是黑眼睛、黃皮膚的華人，面目相同但並不同心。

不久前立群開車沿著三十八街由城西一直開向東邊，整整開了三十分鐘，就爲那兒有一家雜貨店賣華人食品。雜貨店老闆是美國退役軍人娶了位華裔太太，店裡充滿了各種並不令人愉悅的氣味，是昆布、鹹魚，夾雜活蟹、乾蝦的味道，一般冷氣超強的老美超市絕對沒有這些味道。若梅與立群兩人雖離家多年，他們的胃可是緊緊黏著兒時記憶不放。立群忙著搜尋腐乳，豆豉鯪魚罐頭，若梅在找豆腐、皮蛋、韭菜。尋找中，她第一次發現店裡多了許多來自大陸的乾貨，旁邊一位臺灣來的鄉親似乎也有了相同發現，高喊一句：「咦？這裡開始賣匪貨了耶！」

若梅聽著頗順耳，她從小是被這樣教育的，但華裔老闆娘卻走來大聲抗議：「什麼匪貨？再說一句匪貨，你給我出去！」老闆娘以前的態度不會這樣。原來身邊累積的日常，早已在悄悄地改變了，以後講話要小心點，要注意顏色。就像馬路邊行人道樹，不都悄悄地換了顏色？部分由綠轉成紅色的了。北國早秋的蕭索已飄散在空氣中，如果踩著落葉時，會聽得到自己的孤單吧。

立群下班開車載若梅去應徵工作。校方看上若梅的高學歷，當場就錄取了若梅。但校方先講明，暫時只開一個學期，要觀察學員反應後再決定是否長期開這門課。

對這好消息，立群比若梅還雀躍，馬上承諾他下班後顧小傑，並於飯後開車接送若梅授課。立群回想和父母同住的日子，他力求在父母面前表現，總將若梅劃成「自己人」，內人嘛，該和他站在同一陣線，把父母擺在第一高位，好好伺候。立群以為把他愛的人都括進他雙臂裡，結果讓若梅做了兩年多的囚鳥。現在父母離開，他似乎回到新婚階段，除了工作，眼裡只有若梅。她若是春天，他就要把花都開好來等著；她若要遠行，當然要為她準備平坦的路。

一般家庭都太太管帳，但若梅從來看不到立群的薪水，他薪水都直接匯入立群個人銀行。這可能是立群小時母親不擅理財持家，讓立群印象太深刻之故，所以錢財方面他從不信任別人，何況他本來就是喜歡掌控的人，他當初愛上若梅的原因之一，就是她乖，什麼都聽他指揮。包括外出吃飯，他愛說這道好吃，多吃這道菜，然後立刻把菜夾到若梅碗裡去。剛開始若梅覺得自己像公主般被伺候，近來她卻寧可自己決定想吃什菜，何時夾菜。

若梅對錢財沒概念，也不願理財管家，新婚時她只做自己，專心念書，應付考試，不賺錢，不養家，不管錢。所有家用都由立群全權打點。立群管得開心，若梅放得輕鬆。但最近若梅開始關心錢了，因為她想買車，她決定要學開車，且懂得開口要為自己爭取了。

兒子小傑要滿三歲該上幼兒園了。若梅知道孩子越早去上學越早社會化，家附近的幼兒園九點開門，小班只上半天，而立群每天早上七點半出門，六點下班，孩子上學非要靠若梅開車才能接送。以目前立群的收入，分期付款購買第二部車應足足有餘。表面上，若梅為了小傑的學習爭取買車，其實她更為自己的自由、獨立，堅強起來爭取買車。

在美國生活夠久，已醞釀足夠的勇氣與悶氣將若梅推出家門，這個既安全又苦悶的窩，羈絆了她好幾年，讓她成了離群的羊，在完全不被注意的邊角，不甘不願地吃著孤獨的草；她自己也軟弱，對美國社會、環境、生活方式陌生害怕，被困在什麼大眾交通工具都沒有的郊區，吵起架來，她都無處可逃。美國人崇拜英雄，排斥弱者。若梅做了多年弱者，生命也空白許久，現在她明白要擁有眞正的自我，不能再膽小，她要闖出自己的路。

若梅讀書從來沒有問題，所以駕照筆試她一考即過，但眞正要考上路開車的路考，她卻一連失敗三次了，她每次都敗在路邊平行泊車，怎麼都通不過。她拿不到駕照，就沒有自由，這讓她頹喪至極。好友素貞提供小道消息，鄉下路考可能不考平行泊車，可去鄉下試試。若梅這才終於拿到駕照了。那天，她激動得痛哭流涕！

這五年來，她落入凡塵許久，陷於泥地裡混日子，學會了不再高談什麼理想抱負，什麼把中國古文化再次翻新，創造有如五四運動那樣的新白話文學，什麼用西方語言學理論研究分析華人的語言……她學會只要找回雙腿，就該謙卑地感謝上蒼的美好恩典。

能開車後，立群爲她選了一部福特二手車，價錢公道。年分雖老，里程數開得較少，比較安全。至於暗綠色車身，咖啡色內裝，完全不是若梅想要的玫瑰金、暗紫紅，但爲了擁有自由，她識相地不敢挑剔。

若梅第一天送小傑上幼兒園小班，他竟不哭沒鬧，和媽媽若梅揮了幾次小手，就頭也不回勇敢地走入教室。倒是若梅愣在當地，好像覺得身上缺少了些什麼，發了好久的呆，一時不敢相信自己，從今爾後每星期有三天擁有三小時沒孩子的自由。這自由是偷來的，像從哪兒偷來了一對翅膀，太不眞實，不知該往哪兒飛。

她小跑步去停車場，開車直奔附近的圖書館，她可好要盡情享受這完全屬於自己的心靈時刻！就這三小時，她不是小傑的母親，她不是立群的妻子，她是陳若梅。她坐在閱覽區書桌一角，安靜閱讀借來的小說 *To Kill a Mocking Bird*，內心輕輕喊著：「陳若梅，久違了！久違了！」

若梅一頁一頁的翻著書頁，怎麼越讀越有熟悉感，這小說怎麼和她初中時在臺灣南部小鎭上看過念念不忘的電影《梅岡城故事》非常類似，都是講美國南方黑白種族問題，她心跳得好快，急速地跳著頁面閱讀。確定就是她小時候在家鄉看的電影原著小說。她有如重逢故人般欣喜若狂，冥冥中上天要牽這條線有什麼用意，有什麼緣分，她不知道，也暫時不去理會。她沒有家務，沒有孩子，在安靜的美國圖書館閱讀心愛的小說，她有如置身天堂般的享受。

若梅乾涸多年的心靈被餵食得飽飽的，她愉悅地開車去幼兒園接小傑，兩人雙眸才剛找到彼此，就面朝彼此跑起來。小傑舞動雙腿飛奔過來，一直往她懷裡鑽，嘶著小嘴直喊：「媽咪，媽咪，我想你！」句句嬌嗲，聽來悅耳還帶著芬芳，才三小時不見，兩人都有如隔三秋的狂喜，若梅摟著小傑熱呼呼的小身軀，軟嫩嫩的小胖手，吻個不停。她可從來沒這樣熱吻過立群。

有了車子後，世界在若梅的駕駛盤下變得好大、好新鮮。她不用有目的，光是開車出門心情就愉悅許多。有了車子，她開始用自己的眼光去了解這移民已經五年的世界，不需要聽別人的意見了。小傑上學的時間她絕不回家做家事，也絕不浪費時間去購買家用或辦雜事，公立圖書館是她固定的窩。她靜心回憶自己大學時曾讀過哪些翻譯小說，她用中文書名嘗試翻回英文後，去目錄中尋找。她找到了 *Of Mice and Men*（《人鼠之間》）、*Lord of the Flies*（《蒼蠅王》）、*Plaque*（《鼠疫》），強迫自己直接讀原文小說。除此之外，她在圖書館要準備大學推廣中心文化課的教材，並作筆記。

她慶幸以前去芝加哥科學博物館，買到一本英文介紹中國近年考古大發現的書，包括一九六八年在湖南長沙挖掘到中山靖王劉勝和王后竇綰兩座墳墓，出土兩件金縷玉衣的報導。這是中國考古上第一次發現文獻記載的金縷玉衣，當時是石破天驚的大新聞。她要把這大消息分享給來選課的美國學生。讓他們知道中華文化的深遠。

若梅在臺灣中文研究所原本想走的研究路線是古文字學，所以對考古興趣頗濃，現在能將爲婚姻荒廢多年的興趣，轉化成簡單的故事，說給美國人聽，對她是某種彌補，也是做國民外交。

閱讀書寫累了，她就展開藍色郵簡寫家書，回覆母親上週的來信。因爲大陸的開放，母親透過其他親戚輾轉找到分離三十年的弟弟。母親為躲避臺灣的檢查，寄望用若梅的家做轉信的聯絡站，更是顛沛流離三十年後姐弟重逢的據點。若梅從小到大總覺得在母親背後追討她歡心而不得。如今母親在淡藍郵簡中下筆既興奮且滄桑，期待若梅的協助。若梅的心情也有些類似。她悲涼自己來到異鄉過著孤單有如微塵一粒的隱居日子，好像把燈背在身後，眼前只看見陰影。現在她可以幫母親與失聯家人通訊，甚且安排時代性、歷史性的團圓，這「美國價值」成了她的「人生價值」，讓過去所有的放棄、孤寂、犧牲與委屈，都有了代價，都值得了。

母親的信件讓若梅深受鼓勵，心情大好，趁小傑午睡時間，她一面看 *Family feud* 家族搶答的電視節目，精進生活英語，一面在廚房按照傅培梅食譜學做港式腸粉。她先將糯米粉加水成米糊，在大同電鍋的鋁盤上蒸出一張一張粉皮，同時在小炒鍋裡炒熟蝦仁、冬菇，小心翼翼地包進滑嫩的粉皮裡，一條一條地擺盤後，放進電鍋保溫；另外用刀背打鬆薄切豬排，加鹽與蒜末提味，等立群快下班時，再裹蛋白沾上炸粉，用平底鍋煎香，外炒一大盤菠菜。

小傑醒來後，沒怎麼吵鬧，很專注地看他最喜歡的 *Sesame Street* 芝蔴街電視教學節目。若梅利用空檔替自己捲頭髮、做造型，再拿婆婆留下來的蔻丹，學婆婆翹起指尖，塗豔紅指甲油，將她那白皙如水蔥般的纖纖玉手，襯托得顏色分明。傍晚五點多，車房的自動門開啓，隆隆聲傳入兒子敏銳的耳朵，他開心地揮動兩腿，打開起居室通車房的門，站在門邊迎接每天準時下班的爸爸。立群看到兒子，單手就將他一把抱起，一張充滿笑意的臉，像一道耀眼陽光照亮了整間廚房。他看到桌上若梅手作蝦仁腸粉，蒜香豬排，與綠油油的菠菜，當然也看見若梅那雙在碗、碟間來回流動的雙手，好像一道山澗歡唱的溪水。他比平日更覺飢腸轆轆，坐在貼了漂亮壁紙的廚房小餐桌旁，打開被疊成孔雀開屏般的紙巾，享受特別可口的晚餐。飯後立群在若梅身旁幫忙洗碗擦爐臺，不時假裝碰撞一下若梅。若梅感受到立群的熱度，也回望立群眼睛深處的一道光，似乎跌入當年初戀的漩渦，捲蕩著內心的騷動。

因爲中國熱，若梅找到好幾份兼差的工作，包括語言中心一對一教中文的會話課。有的學生是中小企業主，專賣禮品，有一位在 K-MART 任採購部經理，採購小家電與聖誕樹吊飾品。他們的工廠都設在臺灣，經常出差去臺灣，回來上課會帶來些臺灣的最新消息。尤其聖誕節禮品都標著 Made in Taiwan 的字樣。這一點讓若梅莫名的高興，她雖已在異國紮下根，卻因爲這些老外學生，讓她在某種程度上與故鄉又連上了線。

一九八〇年初，中國歷經文化大革命之後，門戶剛剛打開，跨國企界看上大陸這塊未開發的處女地，大家爭破頭地搶入大陸市場。立群的公司也要跟中國做生意。但公司裡華人極少，多半都是工程師，或研究部門的工程博士，完全沒有懂市場開發與銷售的華人，所以立群在公司的地位立刻爆紅，許多高層長官與中國政府代表的合作談判會議，他都被要求參加。會前他要替所有美國長官翻譯中文名字，如華克先生、魏德女士，方便中方代表記憶。會議中，他負責替公司最高代表現場翻譯談判大綱。

因爲雙方有意發展合作項目，許多汽車相關文件急需翻譯成中文，而公司極缺人手。市面上也還沒有登記有案的專業翻譯公司。立群腦筋轉得快，立刻向公司推薦若梅外包承接翻譯工作。這對若梅眞是最理想不過了，她不用出門，一面顧家、顧孩子，一面賺錢。跨過企業出手大方，半個月翻譯完的案子，若梅不用繳稅，淨賺一兩千美金。若梅從來沒覺得自己如此富有過。

翻譯文件時若有什麼專業英文不懂，若梅向公司研發部的華人工程師請教。立群公司的研發部延攬了一票美國名校博士們，多半從臺灣來，這種非學界的研發工作，對他們來說只是 a piece of cake，用不到他們專長的三分之一，但因高薪與好福利，博士們都欣然接受，家家貸款買了在樹林後面的超大房子、高檔汽車，在當時美國鼓勵信用卡消費的年代，許多留學生很快過起美國中產階級的生活。不過也都成了房奴，男人爲前後庭院剷草、修樹忙個不停，女人爲吸塵、打理累得腰痛，然後心裡還都壓了不能隨便失業的鉛塊，因爲薪水只是用來看看，三分之二被各項房貸、車貸、保險、醫療費與高稅金瓜分，剩下寥寥可數的現金，節省地吃飯過日子。

賺了錢以後，若梅馬上在銀行開了單獨具名的戶頭，收入悉數存入。美國一般夫妻在銀行都開聯名帳戶，兩人都可以提、存，但若梅堅持要有自己的私房戶頭。立群很大方地接受，他的收入高，根本沒把若梅賺的那點錢放在心上，他只是看著她的存款逐漸增多，戲謔性地開玩笑：「你怎麼一毛不拔呀，好歹也該請我吃頓飯嘛！」

若梅笑而不答，她可了解經濟不能獨立的苦，現在說什麼也要把自己的錢抓緊了。雖然她初期能工作賺錢，全靠立群開車或介紹，但她就是一毛不拔，所有家庭開銷一概由立群支付，她不出錢；忙碌起來，連對立群說話都像機關槍，又快又準，立群感受壓力，馬上抱怨：「唉唉，別忘了，你小我許多歲耶！」她生日，立群又如往常搞神祕，悄悄買好他認定若梅一定會喜歡的禮物。若梅打開一看，是個閃亮亮的項鍊，不喜歡，她勉強地謝謝立群，忍不住加了一句：「你下次想買什麼之前請先問過我！」立群立刻不高興地嗆聲：「都問過你還有什麼浪漫好玩？你這個人改變眞多，以前你不都是驚喜地收下我的禮物嗎？」

若梅盡量憋住，不能回嘴，要維持立群的尊嚴，到底她的生活還大部分依靠著立群。她心裡的OS是：

「對自己的禮物我一點選擇權都沒有嗎？是啊，感謝環境與你，把我今日造就成能操持家務、能照顧孩子、能外出工作的女人，再也不是以前那溫柔、服貼，只會念書等著你照顧的小白兔。如今我倆都不在原來的路上，回不去了，回不去了。」

曾經跌入浪漫愛情海裡的女子，歷經婚姻的波濤，生養的辛酸，奉養公婆的無奈，供給家人二十四小時的便利與撫慰，任別人滿足離去後剩下空洞；她們外表或許依然美麗，甚且更加成熟堅強。但她們的心就像鐘錶，每天看似回到原點，但都不是昨日的時間了。她們失去許多說不清的什麼，也增添了許多說不清的什麼。她們漸漸由白兔轉變成了花豹，帶著舊傷口與新學習，在悲喜人生路上開著二手車，繼續往前奔馳。有確幸、有挫折，但都回不了頭，停不下來了。

第十五章　三十而立

吃完感恩節的火雞大餐，就等著正式過冬。天空變得好乾淨，除了烏鴉啞著嗓子喊兩聲低低飛過，沒有其他鳥類，而且總是陰沉著臉，陸續開始下雪。小雪，大雪都是日常。地也是一片空白。不出門時看肥碩的雪花瓣旋身緩緩而降，像天女跳芭蕾，從容地，浪漫地，回到大地之母的懷抱，以哪種姿態降落，就以哪種姿態消融；但如果要出門上班上學，下雪可是交通大亂、危險車禍、遲到誤事的綜合焦慮。有次若梅上班遇上路面結冰，車子下坡時突然一百八十度轉圈圈，若梅魂飛了一半，驚嚇甫定，發現後面居然沒有來車，來不及感謝上蒼保佑，就急迴轉駕駛盤一百八十度，否則後果不堪設想。

在這樣的大冬天，立群被公司升遷到比俄亥俄州更冷的威斯康辛州去。

再次搬家前，若梅想起當他們剛搬入新居「攬翠小築」不久，某日和鄰居聊天，「新居雖好，但我可不認爲這是永久居住之地。」鄰居太太來自小城，是典型安土重遷的美國中西部人，她說：「我最恨搬家了，我希望在這住上三十年，或一輩子吧！」想到一輩子要窩在美國中西部這鄉下（郊區其實就是鄉下），若梅不禁倒抽一口冷氣，馬上回應：「我可不能接受這種觀念，我希望自己的日子不斷變化、變好吧。只要有得搬家，我可不怕打包收拾。」

若梅二十三歲就被連根拔起，離開生長的土地、離開家，把自己打包歸零來到異鄉。她失去了根之後，是一棵可處處爲家，隨時栽入新土壤的植物，因爲她沒有根，所以可浪遊遠方。

上蒼似乎聽到若梅的心願，新居才住了兩年，全家三口就要移居到新地方，眞的要搬到不同的州去，若梅才體會搬家沒有她想像的浪漫，她不捨得剛剛建立的鄰居朋友、工作人脈。但養家的人不是她，一切由不得她作主。收入的多少決定婚姻中的話語權，光憑愛的奉獻在現實的斤兩中秤不出重量。

若梅最不捨的是要離開柏南與素貞，他們兩家人在俄州六年的歲月，好似在人間沙漠般相濡以沫。尤其兩家女主人一起在異鄉成長，更有革命情感。她倆依依回首殷殷話別，一再承諾要永久在陌生的天涯保持聯絡。

無論住多久，這異鄉天涯還是陌生的。

立群與若梅在威斯康辛州麥迪遜城的新家大很多，有四間臥室。這次若梅聰明了，全家地毯只用一種顏色，米白，看起來明亮開闊。她家後院就是蘋果園，雖然無人打理，春天蘋果花仍開滿園，一片粉白，如雲似霧。秋天紅蘋果落滿地，很多鄰居撿來做蘋果醬、蘋果派。這裡也是加拿大野雁選爲年度南飛的中繼站。他們有領隊的，在天空有秩序地排成人字型。落地後，每個晚上有一兩隻大雁值勤守夜，有點風吹草動，牠們嘎嘎叫幾聲，全隊立刻振翅飛往天空盤旋，確定安全後才再棲息於蘋果樹下。落滿地的紅蘋果，正好成了遠行野雁的美食，飽餐幾頓後才繼續牠們的天涯。「征蓬出漢塞，歸雁入胡天。」若梅在「胡天」看到大雁，只是興奮，倒沒有王維那般的蒼涼。

社區裡還有人造水塘，四周被垂柳圍繞，幾對綠頭鴛鴦，在水池裡游來游去，似乎不覺得塘小枯燥，頗怡然自得，有如當年在地下室的立群與若梅。

立群升了官更忙，中秋節不在家，若梅三十歲生日也不在家，又是帶著大陸代表團去參觀分公司的設備，尤其是引擎生產線，中方有意要買整條生產線。這是筆大錢，公司非常重視這個項目，要立群好好招待代表團，更要隨時探聽中方對案子發展的想法。或許立群在公司太紅了，他被美國國家情報局盯上，ＦＢＩ探員幾次到公司來警告立群，說這次中方派來的代表團裡有軍方人員混入，要立群密切監視，參觀工廠時中方人員只准走中央通道，不可靠近機器細看，工廠某些地方不准參觀，公司的商業機密絕不能透露。立群第一次感受自己在美國公司角色的嚴重衝突，他到底該捍衛美國國家的利益？還是該爭取企業合作成功的績效？抑或他多少可護衛同文、同種，同歷史文化祖國開發進步的立場？他還在這些矛盾衝突邊緣遊走時，ＦＢＩ探員乾脆來挖角，用更高的薪水遊說立群辭掉工作，加入他們的團隊為ＦＢＩ效命。立群看多了好萊塢電影，知道ＦＢＩ的恐怖，他用不著跟若梅商量，立刻婉拒聯邦情報局的試探。

若梅三十歲生日後六天，立群風塵僕僕地從外州趕回來，口口聲聲地說要替若梅補慶生日。「三十歲是大生日呀！」他滿臉愉悅，聲調裡都充滿了活力。

他安排當天晚上進城去市中心的 Hyatt 酒店最高景觀餐廳慶祝。若梅的公婆也都遠從洛杉磯打電話來祝賀。若梅知道這一方面是立群安排的，另一方面也是因爲過去幾年來，她熱情招待從加州來他們家度假的公婆。善因結善果吧。

若梅公婆多年前搬到加州去獨立生活了，每年他們會來家中小住兩週，每次若梅都展開雙臂大大歡迎。經過多年磨練，現在的若梅在家事方面練就十八般武藝，能打掃、兼下廚，還學老農、老圃，既種花又種菜；除了家裡一塵不染，所有牆面是她親手貼的壁紙，桌上擺著她自創的插花，連庭院都是繁花似錦，除了冰雪封地的冬天外，她家的前院後院，按著季節開出整片鬱金香、水仙、日日春、藍鈴、萬壽菊等；兒子被她調教成中、英、粵語三聲帶，聰明又伶俐，五歲被學校推薦接受智商測驗，認定是高智商的資優生，數學連跳三級。立群沒有後顧之憂，全力發展事業，在美國公司隔兩三年就加薪升官，已是高級員工，享受公司好福利，年年換新車。若梅落入凡塵多年，伺候公婆這幾天，算不得什麼。她公公泱泱大度、見過世面，婆婆直腸直肚、沒有心機，兩人除了完全不幫忙家務之外，沒有什麼大不好；尤其看到小傑天天板著小指頭，數著祖父母來的日子，讓若梅覺得有祖父母疼愛的小孩，幸福加分。何況他們經濟狀況不同了，公婆來，立群會花錢吃館子，帶旅遊，過的是親人團聚的歡欣日子，反而比平日更精彩。過去幾年，他們五個人將附近景點，如超大型的主題樂園 Kings Island 遊了好幾次。雖大家擠在同一間旅館房間，徹夜聽公公打鼾，聽婆婆窸窸窣窣整理東西，很難入睡，但擠得頗溫暖熱鬧。五個人尤其愛開車去密西根北邊麥基諾城（Machinau City），住在休倫湖濱小木屋。（彼時他們不知道後來的諾貝爾文學獎得主孟若就住在對面加拿大境內。）

他們在屋前升起營火，燒烤湖中肥滋滋的白魚，用大同電鍋煮白飯或生力麵，與海鷗一起搶食晚餐，特別有滋味。第二天全家搭渡輪去麥基諾島（Machinac Island）觀光。島上不准開車，他們坐馬車或騎雙人單車環島。坐在愛情時空穿越電影《似曾相識》的拍攝現場，「大酒店」的長廊，吃島上最有名的巧克力軟糖，然後在草坪上擺姿弄勢，拍甜蜜親情美照。

若梅和公婆因爲住得遠，卻拉近了彼此的感情，如親人般的親密。

爲了去酒店慶祝三十歲生日，若梅一面對鏡妝扮，一面努力追想，立群的三十歲大生日又是怎麼過的？她想了又想，終於想起來了。那年，立群就要碩士畢業的前兩個月，他兼職上班的旅行社經營不善，宣布倒閉，解散所有員工，立群與若梅立刻陷入無積蓄、無收入的窘境。立群二話不說，拍拍胸脯扛起男人養家的責任，滿街去找工作。每當他遞上大學文憑時，對方總愛問一句：「臺灣在哪裡？臺大是什麼樣的大學啊？」「我們再通知你，回去等電話吧。」最後有些嘴甜的老外還很驚訝地說，「哇！今天是你生日呢，祝你生日快樂！」

到了下午，他曾遞過履歷的高級餐館打電話來，要他晚上做代班侍應生。從來沒端過盤子的立群，忐忑不安地去上工。他走了之後，並沒有任何宗教信仰的若梅，情不自禁跪在地毯上，祈求上蒼在關掉所有的門之後，爲他們這對異國打拚的新移民夫妻，開一扇小窗吧！她祈求、再祈求。

那天晚上立群十一點回到家，緊緊擁抱若梅轉了一圈，開心地宣布：「餐館經理要僱用我啦！」

立群的三十歲生日就是這樣度過的。

素貞也邁入三十大關了，終於決定要懷孕生子，也認眞考慮產後暫停工作，做一年全職媽媽。當一切都準備好時，肚子卻遲遲沒有動靜。素貞、柏南輪流去醫院檢查過，兩人都沒有問題。柏南急得跳腳，連連抱怨：「想要找個人叫聲爸爸，怎麼這麼困難呢！」若梅在電話上好心安慰他們：「還年輕，不必急！而且老實說，有了孩子以後，你們再也沒有現在這種逍遙日子可過，還不趁機享受享受！」立群在一旁插嘴：「柏南你要多吃牛肉、羊肉，生兒子啊！」柏南哈哈大笑，表示他完全不介意性別，只想有個孩子、有個完整的家。

私底下，若梅屢屢暗示素貞：「或許上帝造人不同，有了孩子後，男人、女人不能眞正平等，女人總得扛起絕大部分照顧孩子的責任，會影響你的工作、事業、與自我，所以生孩子對女人並不一定是件美事。」

說這話時，若梅想起小傑四歲的冬天，立群第一次跨國出差，從美國經日本，去韓國、臺灣、菲律賓，一去一個月。不巧，立群剛上飛機，小傑開始發燒，連續吃小兒阿斯匹靈高燒依舊不退。若梅望著窗外，幾天前下過一場大雪，氣溫又低，積雪不化，路面結成半透明的冰，又硬又滑，屋簷下掛著長長短短的冰柱。夜裡郊區沒有什麼路燈，到處黑漆漆一片，銀色的月光照在白皚皚冰凍的院子，反映出陰森森的淒冷。屋內床頭小燈，將她的身影放大映在白牆上，晃來晃去好嚇人。她搬一個矮凳，坐在小傑床邊守護著他，每十五分鐘量一次體溫，密切關注，整夜不敢闔眼睡覺。

第二天，開車帶小傑去醫院附設診所看病，做了喉頭細菌培養。第三天護士打電話告知，小傑得了鏈球菌引起的扁桃腺炎，要若梅立刻去藥局拿七天的抗生素。若梅如逢救星，心想這回對症下藥，孩子的病就會好了。

奇怪，小傑的熱度只明顯降了一天，隔天再度燒起，而且高燒到華式一〇四．四度（攝氏四〇．三度）。若梅嚇壞了，急電診所求救，要求打退燒針之類。接電話的護士對若梅的慌亂反應異常鎮定且冷漠地回應：「診所沒有退燒針，來診所沒有什麼幫助，只會傳染給其他小孩。你該把孩子放入浴缸泡溫水，才是降熱最快速的方法。」

若梅從小到大生過不少病，但從未聽過將發燒病人脫掉衣服、泡進浴缸這種退燒方式，難道病人不會再度著涼？她只用溼毛巾沾酒精幫小傑擦身，他都會發冷顫抖，連連抱怨，拒絕合作。在這一片白茫茫的世界，她該向誰求助呢？她的神經緊繃得就要斷裂，但她努力撐住，她若崩潰了，孩子該怎麼辦。若梅焦慮害怕徬徨無助，竟然在孩子面前哭了，眼淚不聽指揮地湧了出來。小傑燒得滿面通紅，睜開眼，拉起若梅的手，問：「媽咪，你為什麼哭？」若梅無法掩飾，委屈哽咽：「現在家裡就剩下我們兩人，沒人幫忙，你高燒不退，不肯讓媽咪擦身散熱，這非常危險啊，你要媽咪怎麼辦呢？」若梅哭得像個孩子，確實，她也才二十九歲，內心仍是個大孩子。倒是小傑懂事，像個大人般安慰若梅：「媽咪不哭不哭，小傑讓你擦身。」

立群到了韓國打電話回家時，小傑的體溫降到華氏一〇二度以下，但仍有劇烈的咳嗽；立群到了臺灣之後，與約定廠商洽談合作企畫，且應若梅家人之邀數度歡聚，大啖家鄉美食，如豆漿、油條、餡餅、東坡肉，此時小傑的喉嚨還在痛著；立群最後一站到了菲律賓，小傑總算痊癒了，恢復往日的活潑可愛，倒是若梅臉色蒼白，猶如大病一場，而且尚未痊癒。天空厚厚的灰雲，沉沉地壓在心口，寒風帶著哨子颳過雪地枯枝，像是有人在急迫呼喊，喊聲一陣陣地在若梅的耳膜裡碎裂開。

若梅拉長脖子企盼，又低頭默數歸期，數累了，覺得自己彷彿是一片飄離枝頭的枯葉，飄盪在一片荒蕪中。家是一座孤寂的城，窗扉雖緊閉，但冷風仍直直灌入，掃過蒙塵的角落，讓她無處可躲。

立群在菲律賓馬尼拉，住在半島酒店，他躺在椰影婆娑的泳池畔喝雞尾酒時，打電話給若梅；夜晚在大廳酒吧聽音樂時，打電話給若梅。他想把南洋的溼熱，傳給冰天雪地的若梅，他想把亞洲新奇之旅受到的高規格接待與種種讚美，通通分享給若梅。但越洋電話話筒那頭傳來的是若梅的沉默，是種立群不了解的陌生與冷漠。雖離得千百里遠，立群都清楚感受到一股寒意逼人。若梅好像特意要避開他的熱鬧舞臺，將自己裹成一團謎，模糊得讓立群摸不著，也猜不透。

若梅以過來人身分撫慰素貞的焦慮，她告訴素貞，男人在婚姻中只要把事業顧好就是好丈夫；有了孩子後，他仍然只需把事業顧好就是好丈夫，Plus，他還是名正言順的好父親。但這種話講多了，若梅頗心虛，就怕素貞多想：「你自己有了兒子都上小學了，還勸我不生，這是安的什麼心？」所以她只能點到爲止。素眞不知道若梅看她久久不孕，心裡有多少羨慕之情：「人家素貞就是有擺脫家事、孩子，全心發展自我的命嘛！」

日子匆匆地過著，時序跨過四月，春天的雪下過才會融化，好久不見的草坪漸漸露出枯黃的面孔，但鬱金香與洋水仙亮麗的彩衣，開始點燃家家戶戶的院落，更點亮裹在厚重冬衣下酷冷的心。

小傑上一年級了，某天，若梅剛從學校接小傑放學回家吃點心時，接到素貞從俄亥俄州打來的長途電話，捎來了她終於懷孕的好消息。此時素貞已是三十好幾的女人了。

再過兩個月以後，素貞又從電話傳來另外一個驚喜：「喂，若梅！告訴你，我最近又升官了。因爲我的財務主管得了癌症，開刀又做化療，請好長的假，我一直代理他的工作，現在他決定辭職養病。公司居然提升我取代他的職位做財務長，我眞是做夢也沒想到呢！」

雖然素貞的公司很小，雖然素貞的升遷也有個人的運氣，尤其公司玩政治，推出一個黃種人，尤其是女性，雙重弱勢族群來做部門主管，可搪塞國家對保護弱勢族群的法律要求；但無論如何「財務長」這個「頭銜」，代表了事業的成就與地位，若梅對素貞更刮目相看了。

若梅雖擁有高學歷，也走出了家庭，成了職業婦女，而且很幸運在公立學校教中文，正式成了美國學校的中學老師，還兼做雙語教師，輔導所有華人學生的課業，工作內容也頗符合她個人的興趣，但學文的人確實比不上學商的工作機會多，升遷管道多。感覺上若梅的高中老師頭銜比不上素貞的財務長光鮮。

若梅的公立學校頗有遠見，看到全世界說中文的人口很多，認爲將來中文在國際政治、經貿各方面的溝通上應占重要的地位，所以大膽將中文與法語、德語、西班牙語並列爲正式選修課程之一，打破一般美國中學只設西方語言的傳統，而若梅在眾多華人競爭下脫穎而出，成了附近多少公立中學第一位教中文的種子教師。

她除了自己挑選教材外，還廣泛地運用芝加哥臺灣辦事處的資源，放映很多介紹臺灣本土文化民俗，如鹽水蜂炮、平溪天燈、八家將與廟會的錄影帶。最華麗的一次文化介紹是她讓全班同學當起模特兒，穿起全套中國歷代帝王、帝后服裝，包括頭套、鞋子與配件，利用學生餐後自由時間在學校大禮堂，走一場別開生面的大型服裝秀。

當這一群著中國古裝的外國模特兒陸續登臺時，現場口哨、尖叫聲不斷，全校師生為之瘋狂。若梅相信他們心中的中國人，就是功夫片中留著根長辮子、帶瓜皮小帽、滿臉蠟黃、一副營養不良的瘦小黃種人。表演結束後有個學生母親特別來跟若梅說，她女兒比較胖，在美國這極度注重外表的中學生圈子很不吃香，很不popular。眞感謝若梅這次讓她女兒穿出全套清宮服裝，亮眼走貓步，出盡鋒頭。除了家長，其他外語的老師也紛紛來道賀，尤其教法語的年輕老師皮耶，更是熱情的來握手，滿眼散發崇拜的光芒。若梅對他很有印象，壞印象，因為每次若梅上課，他就站在教室走廊觀看，好像監督若梅的教學，讓若梅既緊張又反感。今天看著皮耶的熱情，若梅想或許自己誤會他了。

若梅是個認眞的人，永遠珍惜到手的機會，不計成本完成到最好的地步。內心深處她很明白，如果不來美國，她應會按照自己的腳本走，會是個大學教授。所以看看自己，再看看素眞，不免又興起「洛陽才子他鄉老」之悵嘆，尤其素貞接下去說了一句話：「我已經告訴柏南了，好不容易爬到這個職位，絕對不能辭職，我改變心意，孩子生出來一定要他父母來帶，我是絕對不會待在家裡燒飯看孩子的。」這句話好像一根針，刺入若梅心中，她想：

「無論多麼盡心盡力照顧家庭教養自己的小孩，在別人眼中就不過是個煮飯婆。素貞性格果斷，經濟獨立，果然不同，可以發表絕不燒飯帶孩子的高論，並理直氣壯地指揮公婆來帶小孩。」這可都是若梅做不到的。過去她做不到，現在也不行，尤其立群忙著接待大陸來的訪客，也忙著飛越太平洋到中國出差，他們家總要有人顧。某次立群在上海機場興奮地打電話回家報喜訊：「若梅，我們與中國政府的合作案順利談成，我可提早三天回家呢！」話筒那一邊傳來立群的熱切渴望。若梅一個月沒見到丈夫，腦子裡想的竟然是：

「唉唷，又要回復天天做飯，不能外食的日子了。」

「還有兩本小說沒讀完，怎麼那麼早就要回來呢！」

她更想起兩個星期前那個有點意外的咖啡約會。

若梅下課後，法語老師皮耶提出請若梅去附近喝咖啡的邀約。若梅是學校新來的教師，不認識其他同事，有同事相約算是打開校園社交的一扇門，她就大方地接受。兩人分頭開車到了附近的咖啡館，皮耶幫她開車門，扶她下車。她想皮耶是法國人，禮多人不怪。何況，一看皮耶就知道比她年紀小許多，是弟弟，不怕。

到了咖啡館，皮耶在她正面對面坐下來之後，若梅覺得有股莫名奇怪的壓迫感，總覺得他似乎坐得太靠近她了，她怎麼會感受到皮耶身上的溫度呢。還有，他眼神傳遞來的訊息不像一般同事，有一股灼熱感，燒得若梅渾身不自在。

皮耶興奮地說，看到若梅舉辦的中國帝王、帝后時裝特展後，他有個點子：「我們來跟學校提合作企劃案，讓選修我法文的學生和選修你中文的學生一起赴中國北京交流參訪如何？我們一起去吧？」啊，有點子的人就是有點子。若梅就只會認眞教書，怎麼從來不會想出這樣對學生、對學校、對北京都好的企劃案呢？她也可以因爲工作出差去中國了耶！

若梅還陷在胡思亂想裡，耳邊響起立群充滿醋意的詰問：「怎麼我提早回家你不高興嗎？你身旁有別人嗎？你爲什麼不吭聲？」

立群的聲音提高了好幾個分貝，若梅立刻回神。心中暗自慶幸還好那一天，她對皮耶的提案這樣回答：「每年我先生有三分之一的時間不在家，如果我爲了自我事業發展也東奔西跑，我家就要成廢墟了。」她回答時不敢抬眼看皮耶，回答完，趕快站起身逃開滿身的燥熱。她眞害怕冷靜自律的外表，鎮不住內心的寬廣與好奇。她多想出差呀！

她其實不認爲長期缺席家庭生活的立群，有權力詰問她任何問題。一個強調爲家庭兒女努力打拚的男人，似乎會迷失於權力地位的追求而將初衷擺到最後。他忙碌起來如大禹治水，不知家門在哪兒；爲了業績，什麼樣的應酬都理直氣壯地參加。但若梅不跟立群談論這些，在立群面前她穿著立群要的賢淑妻子外衣。立群不在的時候，她才盡量做自己。反正內心許多孤寂不是枕邊人能塡滿的，而孤寂也是某種自在，在孤寂中她的自我慢慢甦醒。她只是堅守一個原則，不要複雜糾結的愛情，何況她最愛小傑，不能錯踏人生的舞步，她不會將平穩無波的慢四步，跳成充滿慾望的探戈。

八月中，素貞生下一個女嬰。八月底，立群剛巧要出差去俄州，而學校尚未開學，就利用這機會跟著立群與久違的柏南、素貞舊地重逢，當面送份厚禮恭喜他們。

柏南、素貞也換了新房子，占地三千平方呎，設計獨特又新穎，有挑高式天花板，二樓的主臥室獨占房子右邊，有全然的隱私，靠一段空廊連接左邊的女兒房與客房。若梅站在空廊上，可俯視樓下整個客廳與餐廳，真是氣派。但躺在床上的素貞，臉色卻極差，完全沒有若梅想像升官又得女該有的容光煥發，反而一見到若梅就大吐苦水：「我不知道生孩子原來那麼痛苦啊！陣痛持續了十個多小時，後來好不容易推進待產室，打脊椎麻醉，打來打去都不對，折騰得我不成人形，真是受了大罪啊！」

若梅沒比素貞大多少，但像個大姐姐般安慰她：「每個女人生孩子都要受此罪，你已經算好的了，你只生不帶，生的痛苦是短暫的，帶孩子才是長期抗戰呢！」若梅是真心安慰素貞，但語氣中有股酸酸的味道。

「誰說我不帶？」素貞馬上接口：「本來柏南爸媽說好替我們照顧半年，再送出去請人帶，現在一聽我們生個女兒，沒興趣來！我都快急死了，急著找保母，沒辦法休息。」

在美國生小孩從來沒聽說過請月嫂、坐月子這檔事，做丈夫的最多請三天假陪產，產婦出院一個多禮拜，就得自己開車帶嬰兒一起回診。嬰兒二十四小時的所有照顧，多半由產婦一肩挑起。若梅、素貞都好羨慕臺灣、香港的產婦。

柏南的哥哥已經連中二元都是女兒，柏南的父母就一直催柏南快生，希望能添個孫子。爲了鼓勵他們生，口頭答應短期幫忙，誰知事與願違，柏南也生女兒，這一對住在舊金山的父母就藉口身體不適，根本沒南下來看他們。

素貞又說：「我只向公司請了三個禮拜的產假，這一晃已經兩禮拜過去，還找不到適當的人選。我吩咐柏南，要是找不到人他非換成夜班不可，反正他們電腦部可以彈性上班嘛！他白天和孩子在家，我提早下班回來，再換他上班。」

柏南坐在一旁沒回應只搖頭苦笑，素貞看到立刻追問：「難道不是嗎？難道就一定要我辭職嗎？別忘了，孩子你有分，你也可以犧牲。」

若梅免得他們頂嘴，馬上打圓場：「你們一定會找到人帶的，先別急。」心裡卻驚訝素貞的回應。對啊，孩子男人也有分。她怎麼從來沒想過男人也可以暫停工作帶小孩呢？看來沒有什麼觀念是一成不變的，也沒什麼對錯，端看誰比較強勢，誰願意妥協、或誰愛孩子、愛家庭更多一點。

素貞產後需要休息，若梅沒有久待就離開了，在俄亥俄州辦了一些事，拜訪一下念研究所的母校。聽立群商學院的湯教授說，當初介紹她去念博士班，爲她寫推薦信的路克博士，因心臟病突發去世了。若梅念書時，導師路克博士是她在系裡最親的人。他走了，以後她回到母校去看誰呀。

若梅回頭再回頭，心中對著教育學院的古老大樓，揮手再揮手。又是一段歲月的結束了，人生到底要說多少次的再見呢。

她開車載著小傑回旅館的路上，先去飽餐一頓很懷念的 roast beef 三明治，自己加洋蔥、番茄、酸黃瓜，澆上很多的芥末醬，狠狠咬上一大口，啊！過癮。吃飽後若梅再順路開去以前的舊居。

舊居已經租出去了，車道上停著一輛紅色馬自達，房客應在家，她只能在門前來回兜圈，深情款款地注視她和立群手栽的櫻桃樹，長高了些。一串紅、紫錐花，在豔陽裡開著。她曾經在這些花木前後忙碌、澆水、施肥，現在花紅依舊，人面已非。她打開車窗和自己的花木揮揮手，揚長而去。車後飛起些許塵土，表示有人來過，但很快地這些塵土又都將安靜地歸於塵土。

辛辛那提不是若梅的家、也不是她的鄉，怎麼開車離去時，她竟有濃濃化不開的惆悵在心頭。

第十六章 緩緩開展的花瓣

若梅回到威斯康辛州，好幾個月都沒有素貞的消息，打電話去問問近況。素貞在那一頭又是一輪苦水：「保母是找到了，但已經被柏南革職換掉。另找。」

「爲什麼呢？」

因爲有一天柏南上班中途回家突擊檢查，發現女兒在嬰兒床上哇哇大哭，尿布溼透，也過了餵奶時間，但保母斜躺在沙發上呼呼大睡，身上發出酒臭味，看來保母有酗酒的問題，柏南氣得當場將保母炒魷魚。沒跟素貞商量。

第二個保母看來較有愛心，但說什麼只肯做到下午三點半，堅持要回家打點自己的家務，柏南不得不又改上早班，提早下班來接手。

「柏南下午三點半就可下班啊？」若梅好奇地問。「立群可是每天過六點才回家，毫無商量餘地呀。」

「我要柏南調早班啊，他早上六點就上班了。」

後來聽柏南解釋是因素貞不可靠，她一進公司就把家庭女兒拋諸腦後，一頭栽進工作。老闆頗賞識素貞的專注與投入，暗示她再多加班，會有更好的發展。保母因此抱怨過許多次，爲了等素貞來接手她延遲回家太多次，已經要脅辭職不幹。柏南愛女心切，渴望早點看到女兒，只有向公司由夜班再請調早班，如銀行調頭寸般準時下午三點半前回家接手。這忽早忽晚的上下班，對柏南事業前途有很大的影響，他是個傳統男人，只因愛女心切不得不犧牲，他心中的理念仍然是女人素貞該調整工作，不是他。

若梅眞羨慕素貞的命好，去哪裡找像柏南這樣愛孩子的好男人，那麼犧牲配合！

雖然柏南如此遷就保母，最後保母還是走人了。素貞經過一番打聽，找到一個家庭式托兒所，共收四個小孩，雖然有點遠，還是把孩子送出去了。

幾經折騰終於解決孩子問題，素貞可以如常工作，這也看出個人堅持選擇的重要。素貞選擇工作，選擇在婚姻中絕不忘掉自己，何況另有金錢、權力的魅惑。若梅知道這種事在她家是行不通的，她不但要負責接送孩子上下學，連小傑的課外活動也是她開車載來載去，星期一打 T-ball，星期三學鋼琴。不但如此，她與孩子最好在辛苦賺錢的丈夫回到家中時，面帶感恩的微笑列隊歡迎。

「算了吧！」素貞口氣中盡是不滿：「你沒瞧見我們第一天把孩子送出去的場面，柏南那個婆婆媽媽勁，差點眼淚沒掉下來呢！而且從那天開始，有機會就數落我，什麼缺乏母愛、不負責任啦！什麼只顧自己、沒有家庭觀念！其實他也不想想，現在社會上有多少職業婦女在工作，難道人家沒有孩子嗎？人家的孩子還不是在托兒所裡待著，人家的先生不也都安然接受？爲什麼他偏要成天嘮叨，搞得我好像自己罪孽多深多重似的。」

「柏南心疼孩子，所以他捨不得讓別人帶嘛。」

「他捨不得就他辭職吧！爲什麼非要我辭職呢？他總是說生兒育女是女人的天職、天性，我最不高興聽這句話了。」

素貞氣憤憤地講，若梅也頗有同感，什麼「撫養兒女是女人天職」，這一套哲學大概都是男人發明出來束縛女人的吧！不過若梅因個性不喜與人衝突，總把別人看得比自己重要，所以在家庭與自我的拔河中，她選擇遷就立群、小傑，選擇爲傳統妥協讓步，先顧婚姻再慢慢找回平衡點吧。正因爲如此，讓她發現孩子成長的速度快得驚人，一天一變，黏在身邊的日子也一晃即過，若不即時掌握，錯過多少金錢換不回的珍貴片刻。她換來的人生因此更多元豐富，眞有太多職場看不到的景觀。

整個冬天，若梅都在充實中度過，她不知道好朋友柏南和素貞家中發生了大變故。

那是十二月中一個陰沉沉的清晨，窗外又飄著雪花，柏南在門外漆黑一片時就離開家去上早班了。素貞六點多起身，用最快的速度忙完自己，搖醒小床中的嬰兒，替她換尿布、衣服，開始急急忙忙把加熱過的奶瓶奶嘴塞進眼睛尚未張開的女兒嘴裡，一面張羅自己的早餐，一面著急天氣不好，路上交通將阻塞，她上午有重要會議要開，最好早點出門，免得上班遲到，留下話柄讓人批評。

想著、想著，她心中似乎有鬧鐘不停地滴答，聲聲催促，快一點，快一點。她把汽車鑰匙、女兒的汽車座椅都擺好在房門檯面處，然後眼睛不停地盯腕錶，每一次秒針的移動似乎都配合心中的滴答，有雙倍的加乘效果。偏偏孩子喝著奶居然又睡著了。她趕快搖醒女兒，就這樣餵餵、停停，已經七點多了。奶瓶裡配方奶還剩約三分之一，素貞已經等不及了，急著將奶瓶從女兒嘴裡扯了出來，不理會女兒那相當無力有如貓咪哀叫的抗議哭聲，她把女兒從床上抱起，匆匆將女兒的雙手套上手套，再用柏南剛買來的粉紅色斗篷，將女兒團團包住，「早晨氣溫低，別讓女兒冷到啊。」每個晚上柏南都這樣重複叮嚀，重複得讓素貞心煩。

素貞把女兒往嬰兒安全座椅裡一放，拿好開會要用的資料夾，抱著座椅，急急忙忙下樓梯。突然想起忘了皮包，再轉身，這又耽誤了點時間。她太心急，就在下樓梯還差一個臺階才到達地面時，竟然一腳踩空，失手把座椅拋了出去，女兒就在這一拋之下，離開座椅，被摔到走廊地板上，面孔朝地。

嚇得全身發抖的素貞，抱起地上大哭的女兒，停頓幾秒不敢看女兒的臉。後來她從側面看到女兒的前額上，有一小塊地方明顯地凹陷進去。素貞又驚又怕，立刻開車送孩子去醫院。

車子幾乎是在雪地上橫衝直撞，素貞已陷入半瘋狂狀態，只知道一味地往醫院衝，而在後座的孩子哭聲一秒鐘都未停過。

醫生檢查完後說：「因爲力量過大，嬰兒的前額骨凹陷，要立刻開刀將頭骨推出來。」

「要開刀?!」素貞不禁全身打冷顫。

「是的，我們馬上開，你先去簽字，並辦妥醫療保險手續。」

素貞驚慌到口吃，問：「醫生，您看……這……這對孩子的頭腦有影響嗎？」

「目前不知道！」醫生很職業化地回答，然後不等素貞多問就轉身離去了。

素貞驚嚇、悔恨、憂愁交集，突然想到還沒告訴柏南呢！她好像找到救兵似地馬上打電話給柏南。現在她多麼需要柏南的支持與依靠。

十五分鐘後柏南鐵青張臉趕到醫院，素貞眼淚汪汪地要哭訴經過，柏南卻先粗著嗓子，厲聲責問：「你到底把我女兒怎麼樣了？」好像女兒是他一個人的。

素貞被這責問，卡住喉嚨，一句話也說不出來，柏南更急了，推著她肩膀吼著：「哭有什麼用，你趕快說啊！」

素貞剛把經過說完，柏南馬上咬牙切齒的罵了出來：

「我早就知道每天這種匆忙趕法，總有一天會出事，我早就要你辭職，好好在家帶帶孩子，這是我們等了十幾年才得來的孩子啊！你沒發現她特別瘦小，你不心疼嗎？就抱著你那勞什子『財務長』頭銜不肯放，做什麼career woman！我告訴你，孩子要有什麼三長兩短，我這一輩子都——不——會——原——諒你這沒有母——愛的女人！」

素貞完全沒料到柏南會在這種關鍵時刻，用這種惡劣態度對她，她失望極了，也氣極了，轉而反攻：

「對，我是勞什子財務長，別忘了，你也不過是個普通工程師，又有什麼了不起？」

「我當然沒有什麼了不起了。」柏南馬上酸溜溜地把積壓許久的不滿一起發出來：「我早就看出你，一升上什麼主管，態度就不同啦！你處處瞧不起我是不是？一下指揮我調夜班，一下指揮我換早班，要不你就只顧自己出差開會，要求我休假在家看孩子。告訴你，沒那麼多好事！從今天以後，你不准出差，我也不上早班，我要過正常上班日子，你不高興遷就，你就搬出去做你的新女性，我和女兒不需要你！」

素貞一聽更氣了，也不甘示弱：「要我搬出去，沒那麼容易，這房子頭期款一半是我付的，每個月貸款我也分擔，你憑什麼趕我走？」

「好！好！你不走，我走！」

女兒還在開刀房，夫妻兩人就在房外大吵，彼此把藏在心裡的不滿毫無保留地抖露出來，嘴上逞了一時之快，內心卻加深對彼此的惡感。

女兒出院在家休養時，柏南和素貞輪流請假在家照顧。心裡都有壓力，心情都煩，夫妻兩人幾乎是一碰面就吵，有一次吵完，柏南還眞的默默收拾個小包，去旅館住了三天。

在那三天裡，素貞思前想後，她在工作上其實充滿倦怠感，小公司爲了省錢，最近裁了兩位員工，將原先的工作分給剩下的三位元老，老闆得寸進尺，只增加工作量卻沒有加薪的打算。素貞在職場這條路上跑了很長的路，已經證明了自己的能力。其實工作性質一直在慣性的軌道上打轉，類似與重複。這三天素貞不上班，不開會，沒有緊湊的日程，她得以放緩腳步，又因沒有保母，沒有柏南分擔照顧，她多了與尿布、奶瓶爲伍，及擁抱女兒的時間。女兒軟綿綿身體傳來的溫熱，與全然信賴的依偎，是這樣甜蜜實在，女兒對她笑時，粉嫩的小舌頭在無牙的嘴裡，眞是既可愛又讓人心疼。原來只要內心軟化，就感受到孩子的魅力。難怪若梅那麼會讀書，也讀了許多書，卻留在家中做了幾年的全職母親，而且她是個很用心的母親，把兒子養得健壯又資優，先生事業發展順遂，看著他在公司地位節節高升，收入也超過柏南了。

素貞仔細端詳女兒，確實太瘦小了，難道因爲從出生就沒有母親全然的愛嗎？她雖然做了母親，過去的心態一直是個全職職業婦女，沒有改變，她的煩惱依然只爲工作，不是爲女兒。細細端詳著女兒，素貞的心好像一朵花，花瓣爲女兒緩緩開展。或許她除了職業婦女，也可過另一種生活？或許她眞的可以改變一下角色？至少在短時間內，孩子在三歲前，她可以嘗試過一下不一樣的生活？即使繼續上班，也該輪到她做母親的向公司提出放棄出差、加班、外調、升遷的機會，放棄午休時間，早點回家顧女兒，這樣柏南可以恢復正常作息，像個男人，像個一家之主。

素貞內心的改變，外表看不出來，她在找正確時機，好的氣氛再告訴柏南。

孩子傷口大致痊癒後，素貞還是把她送去家庭式托嬰，柏南與素貞的生活表面上看似回復正常，只是顯得異樣安靜。爲了避免吵架，兩人盡量少講話，他們家很大，樓上有五間，有小起居間，兩大套套房（目前他們各占一間），堆滿玩具的粉色系女兒房，再一整套的浴室。兩人只要不刻意聚在一起，很容易見不到彼此。

尤其最近家中連空氣都透著些冷，疏離，還有些詭譎，因爲柏南工作上突然忙碌許多，經常出差，一次出差時間長達三、四天。

那天是柏南該回家的週末，素貞心情比較好，她提早把女兒接回來，順道去有賣熟食的超市買了晚餐，烤全雞、鮪魚沙拉、可樂、還有柏南喜歡吃的杯子蛋糕。她上樓脫下黑色上班套裝、窄裙，換上一件白色麻紗比較休閒的上衣與牛仔褲，把餐桌擺好。爲了省事，他們家平日多用紙杯、紙盤、塑膠刀叉。今天素貞特別從瓷器櫃裡拿出瓷盤、瓷碗、與不鏽鋼刀叉，還將餐廳的水晶燈調暗一點，製造溫馨的氛圍，她準備今晚要告訴柏南她的新改變。

柏南快七點回到家，一進門，臉上沒什麼表情，把公事包一丟，西裝都沒脫，就忙著拉把餐廳椅坐下，逗弄坐在餐桌旁嬰兒高椅中的女兒，似乎沒注意餐廳有什麼特別。在女兒面前他堆滿了笑，整個人也活潑起來，他模仿各種古怪聲音逗女兒開心，玩得像個大孩子。他的心沒有放在今晚素貞準備的美食上，雖然大口大口地吃著，顯得很餓的樣子。他輕描淡寫地談他去德州出差，但沒有細節，一字不提他出差都忙些什麼。沒說幾句話，他就走到客廳把電視機開得好大聲，似乎發出想阻斷繼續聊天的訊號。

吃完飯，他習慣性走到廚房水槽，將大家的碗筷都洗乾淨，這一向是他的工作。素貞還沒抓到機會談到正題，柏南已經親暱地抱起女兒，用嬌嗲娃娃音說：「我們到樓上去換尿布、洗澡澡囉！」

餐廳又空了下來，好安靜，厚厚的落地繡花窗簾，被一條緞帶整整齊齊地束收起來，掛在兩邊的銅環。透過一層白紗，素貞可望見窗外大院草坪上，鋪著厚厚的一層雪，好硬好冷的雪啊。外面世界的光度逐漸在調暗中，正如素貞的心。

週末，整個社區好安靜，傍晚的夕陽從窗簾隙縫照了進來，與窗簾內層薄紗磨磨蹭蹭，好似在談一場不同溫度的情愛。素貞在迷濛中聽到嬰兒房傳來女兒的哭聲，彷彿哭了頗久的感覺，奇怪，柏南不是在家嗎？怎捨得讓女兒哭這麼久呢？素貞起身探視，尿布溼透了。抬眼看牆上掛鐘。啊！都晚上七點了！自己怎麼一個午覺睡得這麼熟這麼長。換好尿布，她抱女兒下樓在冰箱找奶瓶，六瓶奶都準備得好好的。

餵奶空檔，她轉身發現小餐桌上橫躺著一封信，信封上好幾個大字：「我口才不好，還是用寫的吧。」

柏南的文筆好，他倆談戀愛時素貞就知道，彼時信中的柏南比口拙的他浪漫許多。素貞比較務實，從不介意柏南的不擅言詞，但以前也沒特別珍惜信中浪漫的柏南。結了婚後，他倆再也沒寫過信，連一張卡片也沒有，這會兒素貞突然收到信，既納悶，且忐忑不安。

「素貞，我們結婚十一年了，沒想到需要寫信給你，因為我必須告訴你我申請調到公司德州的分部上班了。」

素貞心懷善意要改變自己給柏南意外驚喜的消息尚未來得及掏出，柏南倒搶先一步，帶給了她真正的意外驚嚇。

「我等我們的孩子等了十年了。結婚初期，看著你下班回來只顧著玩拼圖，就想你年紀小，耐心等你長大，等你玩夠；你不愛下廚，我想沒關係，買現成的或許更符合經濟效率，總是吃著漢堡、速食。這樣的日子過了許多年，我越來越發現我們家灰暗呆板又空洞，我告訴你期待有孩子的哭聲笑語，來點燃家中的亮度，增添家中的溫度，你說需要工作來證明自己的價值，我只有再等。上天有眼終於讓我等到自己的孩子了，卻發現你沒有跟我站在同一條線上，全心去愛這遲來的孩子。你依然只愛工作，愛別人的公司遠勝過自己的血肉。我等得好累啊！

「我們的女兒發育比別人落後許多，可見保母或托嬰中心的人都沒用愛心對待我們的女兒，這些人的智慧、教育程度也比不上你，你怎麼捨得把孩子交給她們照顧？你就不能等孩子大一點再重回職場嗎？

「我第一次認真懷疑，或許我倆的核心價值根本不同，這是我以前從未想過，從未面對的。你如果真的愛我、愛女兒，愛這個家，你可以放棄工作來德州找我嗎？

「或許有一天，我自己想通了，會回到俄亥俄州來找你。但目前我們就先這樣吧。」

素貞將信翻過來摺過去讀了幾百遍，才弄懂這是怎麼回事，她十萬火急地打電話到威斯康辛州找若梅求救，要問若梅她該怎麼辦，她的人生該選擇什麼。等了十年的愛情結晶生出來，怎麼婚姻會走到這步田地？她又有多少選擇的籌碼？若梅書讀得多，一定知道該怎麼選。若梅可是她汪洋大海中唯一的浮木。

電話響了許久，才被若梅接起時，素貞發現背景很嘈雜，有大人談笑聲，有小孩奔跑聲，原來若梅家正在開大派對呢。若梅喂喂了好幾聲，說：「素貞，我聽不清楚呢，明天再打給你喔！」

若梅掛上電話的聲音，由素貞的話筒傳出來，在她寂靜的空屋裡迴響再迴響，顯得格外的空洞刺耳。素貞呆呆地傾聽自己的失落與荒蕪，眼前浮現柏南信中所寫那玩拼圖的、吃速食的素貞，那在婚姻中做了母親卻只知工作的素貞……

身旁的女兒喝空了奶瓶大哭了起來，喚醒昏沉的素貞，此刻此時，女兒的哭聲聽來竟是某種來自上天的救贖。

第十七章 流動的生命之泉

人生如河水往前奔流，兩岸風景有夏花的燦爛，有秋葉之蕭索，但什麼都留不住河水的匆匆，它超越一個又一個目標，帶著渴望、歡欣、挫折與苦痛，不捨晝夜地流動。春去夏來，看似重覆，其實又各有千秋。

是北國的盛夏了，榆樹、橡樹的樹葉都綠油油地養眼，矮牽牛、太陽花開了滿地，立群、若梅家中正開著熱鬧的派對，爲慶祝他們結婚十二週年紀念日。他們請了五個家庭，湊起來剛好十二個大人。客人現在都坐在餐廳長桌，聽著背景音樂，蔡琴的〈被遺忘的時光〉、〈恰似你的溫柔〉、那磁性迷人歌聲在屋內流串，彷彿告訴他們時代大不同了，臺灣自從校園民歌風起雲湧，現在的大學生都放棄了西洋情歌，聽他們自己創寫的流行歌曲。蔡琴、齊豫、林慧萍都是佼佼者。客人一面嗑著南瓜子、魷魚絲、話梅等臺灣家鄉零食，一面感嘆著。

在此地華人圈內，若梅家的菜是出了名的豐盛。立群、若梅爲朋友不惜辛苦、不怕花錢地學新菜。來到八〇年代美國中西部的中國餐館仍然在賣老美愛吃的 Chop Suei、炸春捲、芙蓉蛋等。思鄉又嘴饞的華人只能自己看食譜有樣學樣，或靠記憶打撈媽媽的味道，揣摩著如何下廚。基於異國食材的限制，他們必須注入很多的巧思、變化與妥協。譬如立群、若梅家的蜜汁火腿，可不是什麼金華火腿，而是老美超市買得到的 honey baked ham 蜂蜜洋火腿，至於包餅就用墨西哥人的玉米餅替代，吃起來都還不錯。但是他們就爲北京烤鴨總是皮不脆而大傷腦筋。朋友中嘴巴最刁的老王，偶然讀到梁實秋的一篇散文，發現烤鴨的訣竅是要朝鴨子皮下吹氣，將皮肉分離了再進烤箱。手巧的老傅一聽，馬上利用在公司上班時間，做了一截彎曲鋼管，送給立群吹氣。這些異鄉寄居客為了一飽口福，不惜集思廣益，就要合力做出道地的北京烤鴨。立群若梅的結婚紀念日可是驗收成果的重要時刻呢。

兩個主人在廚房忙著。若梅多半做小廚，洗洗切切，總要站在廚房一下午，但客人的讚美與掌聲永遠給了最後料理擺盤，端上桌的那位大廚立群。以前，若梅是站在客人那邊一起開心鼓掌的人，直到有次她的朋友說了一句：「你不覺得在立群旁邊你有點吃虧嗎？他搶盡你的鋒頭！而且你沒瞧見那些太太們誇獎立群的口水，都快把你淹沒了？」「嗄！夫妻間也需要計較這些嗎？」若梅傻傻地問，但從此以後她多了個心眼，也眞發現立群從來不分一點亮光或掌聲給她。立群的高調閃亮讓若梅選擇他，卻因此遮住了她自己的光彩。

客人坐在餐桌旁一面等著立群與若梅上拿手好菜，一面聊著永遠聊不完的家常、孩子、學校。哪家小孩最近有鋼琴、小提琴的發表會；誰代表學校參加全州拼字比賽，誰入圍全國數學奧林匹亞；誰家去了歐洲、亞洲旅遊；更有《世界日報》上看來的臺灣社會新聞、政治消息。雖然大家都寄居美國超過十年了，內心最最懷念關心的永遠是家鄉臺灣。美麗島事件、李師科搶土地銀行、中華臺北第一次參加冬奧、大家寄望的孫運璿腦溢血了……等等議題都上過立群、若梅家的餐桌。長長的餐桌彷彿就是一條他們的時間長河，流著，流著，流進了八〇年代中期，當初的留學生都三十好幾了，有的已邁入四十大關。看來家鄉回不去，也就更愛聊了。

大人在樓上吃道地的中國菜，北京烤鴨、雞絲拉皮、蜜汁火腿、乾煎明蝦等大菜，一解鄉愁。六歲到十歲不等的小孩都在地下室跑跳、玩他們的遊戲，大富翁、Uno 牌、飢餓犀牛 Hungry Hungry Hippo，吃著快遞到府的披薩、可樂、薯條，說他們的語言英文，好不快活。雖然這些小 ABC，在父母的堅持與帶領下，週末都上中文學校，都會講中文，但他們的中文只用來應付父母，討父母歡心。自己聚在一起時從來不講。

小傑玩得滿頭大汗，代表夥伴到樓上看看甜點蛋糕出來沒。一看桌上擺著剩下的涼拌海蜇皮，伸出舌頭怪叫一聲：「Yak！rubber band 真噁心！吃橡皮筋。」

若梅穿著粉色合身洋裝，並薄施脂粉，朋友們紛紛讚美她雅麗大方，Nancy 尤其說，若梅並不是明眸大眼、豔麗出眾那一型，但她秀眼細眉特別耐看，笑起來眼波流動，有股水靈靈的清澈。當大家發現若梅腰背間繫著黑色有硬條支撐的護腰時，個個關心地問她怎麼了。原來，兩個月前她在地下室清洗大垃圾桶時受傷過。美國社區垃圾車一個星期才來收廚餘與垃圾，所以家家戶戶垃圾桶都很大。若梅在清洗時腦子忙碌地想著其他事情，一不留意提了一下裝著水的垃圾桶，立刻有股刺痛如電流般橫過她的腰椎，第二天她就兩腿無力起不了身，腿也麻，判斷還傷得不輕。經醫院檢查結果，有椎間盤輕微突出壓迫神經的現象，還不需要開刀。醫師開了止痛與肌肉鬆弛藥，建議臥硬床或硬地休養，不宜再提重物，連彎腰撿拾輕如鵝毛的紙屑都不贊成，除此之外他們也沒有什麼辦法了。醫師還叮囑若梅，必須放棄她最喜愛的家居休閒蒔花弄草，因爲蹲的姿勢最傷腰椎。若梅只有拜託小傑把現成的花苗種在前後院的花床。小傑愛用腦，不用四肢，寧可讀兒童百科全書，也不愛追、跑、跳、玩。這小小動手的工作對兒子是超級苦差事。他在客廳吹飽冷氣，才端個手提音響與小板凳，坐在花床前，種了三顆花苗，就立刻進客廳休息。若梅下半身痠軟無力，躺在樓上臥室地毯，用手掌拍地，傳達訊息：「別再休息了，快去種花吧！」她聽到兒子推門出去，從好大的反彈門聲可解讀兒子是多麼的不甘願。

若梅在電話簿上找來了打掃阿姨，是不遠處約五十歲的白人太太。她請若梅稱呼她 Mrs. Day 戴太太。白人怎麼會替黃人打工呢？何況她年紀比若梅大許多。若梅有些不自在，戴太太倒很坦然。她說一九四〇年代末她先生還年輕，在中國北京傳過頗長一段時間的摩門教，沉迷於中國文化、歷史建築，愛上老北京的胡同。戴太太每隔一週來吸塵、洗廁所，清玻璃窗等重活，她一面打掃，一面跟躺在地毯上休養的若梅聊天。她說最近剛把二十四歲還住在家裡的兒子趕了出去，「因爲他違規，帶陌生女子回家。」若梅以爲美國小孩最能和父母平起平坐，好奇地問：「都二十四歲了，你還要管他嗎？」

「在我的屋簷底下，就得遵守我的規矩！不然就請搬出去啊！」戴太太說得理直氣壯。

在美國生長的華裔小孩最喜歡挑戰第一代移民父母的權威，羨慕美國同學多自由，要遵守的禮數很少，可直呼爸媽的名字，可以隨時「頂嘴」不受處罰。他們忘了鄰居美國小孩都在送報紙、剷草、做保母，賺零花錢。連立群老闆的女兒，大一暑假去紐約打工，機票錢向她爸爸借，發了薪資就要歸還。哪個華人父母捨得這樣呀。

若梅傷腰之後，工作上也不得不請一個月的假。一時間，日子從多方忙碌到空出一大塊白，不知如何打發。從不看連續劇的她，開始向華人朋友借錄影帶，如臺灣最當紅的武俠劇《楚留香》、《射鵰英雄傳》、大陸盛行的《紅樓夢》、《芙蓉鎮》、《四少傳奇》等。她發現連續劇真好看，連看好幾集，停不下來。從小到大，看過幾齣《紅樓夢》的電影或連續劇，從來沒對女主角林黛玉的角色滿意過，每個演員都嚴重破壞她從《紅樓夢》一書中得來的印象，但她唯一對這齣連續劇中的黛玉角色毫無挑剔之虞，她完全就是若梅心中林妹妹的模樣啊，「兩彎似蹙非蹙柳煙眉，一雙似喜非喜含情目。態生兩靨之愁，嬌襲一身之病。」

《芙蓉鎮》裡她看到人性因醜陋無知帶來的殘酷與毀滅，很多血淋淋的鏡頭她都不忍心看，這是她第一次接觸大陸對文化大革命批判與省思的創作。《少帥傳奇》的男主角張學良年輕又英俊，從選角上已經看出海峽對岸對張學良與「西安事變」有很不一樣的立場。共產黨感激張學良強迫蔣介石停止剿「匪」，提前開打抗日戰爭。也讓毛澤東在延安有了喘息壯大的機會，趁抗日結束國民黨疲憊不堪時，來個反攻大勝利。原來什麼人、事、物都有多方詮釋，不知什麼是眞正的對與錯。若梅開始學著用不同的視野看周遭的世界。雖然看連續劇非純消遣，有這麼多的學習，但若梅還是不願意也不能在三十幾歲就躺在地上看世界。她從小到大積極上進，延遲享樂，養成從不浪費光陰的習慣。記得初中時她父親說過她一次：「你這孩子怎麼丟下鏟子拿杓子，丟下英文拿國文，從來不休息？我書桌上還有一大疊作文簿子，我都懶得改呢！」吃零食追戲劇，太享受了，若梅渾身不自在。

脊椎不對，四肢都無力，就剩下滿腦子空轉，她一再地思考，才三十幾歲的人生路，往後該怎麼走。她曾經很驕傲自己房子、院子、孩子、車子都顧，家庭、事業兩全，現在大不同，她要面臨重整的考驗。就以這十二週年結婚紀念日的大 party 來說，打掃靠戴太太完成，做菜多靠立群掌廚，連外出超市買菜，她也降格好像只是司機，動嘴不動手地指揮小傑買這買那，靠小傑一一拿取。腦筋動得快的小傑，趁機不聽媽媽指揮，擅自將平日媽媽不讓他吃的大盒草莓冰淇淋，放入了推車。

若梅挫折萬分，一再思索以後她的人生還能掌握什麼？能演好什麼角色？

結婚十二週年的雙層大蛋糕端出來了，蛋糕上下開滿紫色的花朵，立群與小傑都知道若梅最愛紫色。地下室的小孩蜂擁而至，小傑滿臉通紅地搶在最前面，因爲蛋糕上寫著他的名字，用他的名義祝爸媽結婚紀念快樂。立群拿出他很早就準備好包裝精緻打著淺紫色緞帶的禮物，在眾人的歡呼中請若梅打開。盒子裡裝著一只設計獨特的手錶，立群爲若梅戴上，錶鏈長短正正合適。細心的立群平日觀察入微，他很清楚若梅的手腕特別細小，買錶的時候就請店員剪裁過。大夥趁勢在一旁呼喊：「親一個，親一個！」立群還沒親到若梅，小傑硬擠進來，先香媽媽一大口。媽媽是他的，才不讓爸爸獨占。

就在這喧鬧不休的時候，廚房的電話鈴聲響個不停，若梅抽身去接電話，她在一片嘈雜中，聽出來是素貞的聲音，但餐廳裡大人小孩急著催促他和立群切結婚大蛋糕，尤其那八個小孩，對甜點的興趣遠遠超過主食，「Cake! Cake!」喊個不停。若梅聽出素貞的聲音不太對勁，也只能匆促回應：「我現在不方便講話，明天再打給你唷。」就掛上電話。

分蛋糕的時候，立群清清喉嚨，又用湯匙敲敲水晶杯，說他有結婚感言要發表。立群自尊心極強，從來不甜言蜜語，兩人吵架，不論誰對誰錯，他總維持高姿態絕不道歉，但他事後會用更多的付出，更多的服務來彌補，展示他對若梅的用心。他現在趁著人多，「表演」起若梅平日鮮少聽到的眞情告白。他先感謝若梅爲婚姻、家庭、孩子的貢獻犧牲，說他都放在心裡。他眞正要送給若梅的禮物是十年前若梅最想要而沒能得到的。立群牽起若梅的手，看著她的眼睛這樣說：「威斯康辛大學口碑好，離我們家不算遠，你現在開車技術也好多了，我很放心。若你不怕辛苦，可以利用 part-time 方式去大學修博士班課程。學費我出，你K書的時候孩子我來顧，你現在脊椎問題，不能久站，我幫你去排隊註冊，完成所有申請手續。我要替你一圓當年的深造之夢……」

剎那間，過去曾有的遺憾與苦痛似乎都被勾出，歷歷在目；但又模模糊糊，如雲煙在若梅眼前慢慢散去。客廳音響這時播放著他倆當年戀愛時的歌曲"Yesterday Once More"，「那些快樂的日子像久違的老友，又回到眼前。」若梅像找回多年以前那已經有些陌生的自己，抬起下巴，仰望立群，凝視他的眼睛。立群這幾年來一直忙著跨洲、跨洋出差打拚，他的雙眉間有溝紋，眼角有魚尾紋與許多的疲累。這雙眼睛曾是他倆第一次在西門町凱莉西餐廳約會時，若梅害羞得不敢抬頭細看的眼睛；是新婚時在學校附近地下室新房若梅晚晚等待歸來的一道光束；立群第一次遠東出差，若梅碰上威斯康辛州暴風雪，下班途中迷路，輪胎陷在雪泥中出不來，她驚恐萬分，在心中狂喊立群千百次，怨他平日照顧太周到，更怨他放手放得太快、太狠；近幾年，立群在家中缺席的日子越來越長，若梅有更多的獨立自主，活在自己的時鐘裡，獨霸雙人床，熬夜讀小說；當然她也承擔更多的責任與夫妻的疏離。她現在不怕風來不怕雪，不在意立群的來來去去。習慣自己看電影，參加社交活動，像單親一樣參加小傑的所有活動，包括童子軍年度大賽車。那次，十幾個大、小男人帶著手作木刻模型跑車來參加，個個摩拳擦掌、志在必贏。若梅與小傑這唯一的母子檔連輸三大輪，若梅這才發現許多父親臨場動手腳，將車子鑽個小洞灌入鉛粉，增加車體的重量，所以他們的跑車下坡時跑得奇快無比……

若梅深深望著眼前這最熟悉又有些陌生的丈夫，相信彼此都有歲月的喟嘆，眼中也都不再是最初的彼此，可能都是更眞實的自己。她回握立群那雙溫暖的大手，放在臉頰旁，一時說不出話來。婚姻生活給了她遮風擋雨的屋簷，也遮蔽了她開發自我的天空。她曾在陰暗角落鬱悶懊惱，掙扎學習適應、改變，學著在夢中讓自己的夢轉彎。人生要在跌倒遭受挫折時才發現自己原來可以不斷地改變，於是她在立群的屋簷下另外經營一片花園與菜圃，在家庭與社會修了滿滿的學分，滿足了她渴望學習的天性。她澈底變了，她已經不在意另外一個學位了。但她感動立群保仍有那顆心，沒有忘記她曾經的夢。

四周圍繞的朋友們安靜了好一會兒之後，男士們才回過神來紛紛拿著餐巾，揮著拳，作勢要打立群：「壞傢伙，你這麼會耍浪漫，搶鏡頭。叫我們回家怎麼面對老婆？各個都被你比下去了！」

第二天若梅睡到九點多才從地上的床墊慢慢爬起身來，腰椎痠痛，兩腿無力，一個晚上的歡樂不知要賠上她多少天的苦才補償得了。她爬起來因為惦記著要給素貞打電話，不知素貞怎麼了。聽她昨晚的口氣似乎天都要塌了下來，到底出了什麼大事呢？上次孩子開刀早都康復了，一切該恢復正常了啊。

若梅一拐一拐地下了樓來，看見小傑和立群正開心地吃著早餐。空氣裡流動著 Bee Gees 唱的“Too Much Heaven”，餐桌上有低脂牛奶泡玉米脆片、有煎火腿丁與番茄粒的蛋包。抹著一層厚厚楓糖漿的鬆餅，讓這星期天早晨帶著某種甜味。立群就是這樣，只要他有空，有精神，很樂於下廚。他的手藝比天天做飯的若梅好很多。若梅的廚藝要看心情，多半等性靈先獲得充分滿足後，她才能做出好羹湯。

電話一接通，若梅聽到的是素貞的哭聲與震撼的壞消息。素貞斷斷續續泣訴柏南拋下她與女兒，出走到德州去，不要這個家了。

「才短短兩個月間，柏南與素貞的婚姻怎會為了女兒走到這步田地？」雖然若梅從不贊成大男人主義，並不希望素貞又像當年的自己或許多其他女人一樣，總是要為孩子、家庭、公婆等問題成為第一個被考慮犧牲自我的人。但事情鬧這麼大，攸關柏南、素貞與他們女兒三個人的幸福與前途，若梅絕不能情緒性地發表任何言論，左右素貞的選擇，以免導致他們婚變，甚或人生的轉變。這責任太大了，她可要好好地考慮。她在電話上除了先罵柏南無情怪異，安撫素貞激動的情緒外，只有一個勁兒地勸素貞冷靜：「到底柏南曾經為照顧女兒付出最大的誠意與犧牲，你千萬不要在氣頭上做出任何衝動抉擇，免得將來後悔。」

掛了電話以後，若梅忍不住在心裡反覆問自己：「當初如果堅持不顧立群的想法，去住學校宿舍念博士班，毫不顧家地發展自己的事業，今天會處在什麼樣的狀況？如果時光能倒流，讓我重新做抉擇時，我會選擇什麼呢？我會擁有更好的事業？在大專院校做女教授，完成人生最初的理想？婚姻也會像今日的素貞嗎？那孩子小傑呢？小傑會怎麼樣了？」

想到小傑她心最痛也最慶幸。一個上午她都心不在焉，反覆思索什麼才是正確的選擇？

什麼才是正確的或勝利的人生？此時電話鈴又響了，她以爲素貞還有話要說。但這回竟然是柏南從德州打來。未等柏南開口，若梅已經劈頭詰問柏南：「你怎麼回事？爲何用這等激烈的手段對付自己家人呢？就算你不愛素貞了，你又怎麼捨得你們結婚十年才盼來的女兒？」對方好半天沒回應，原來柏南在哽咽。男兒有淚不輕彈，柏南在委屈什麼呢？

柏南說，爲了要一個圓滿的家，他把自己放棄了，好好的事業糟蹋了，把最大部分的育嬰責任扛起來。但他的成全並未換回素貞任何感激醒悟之意，反而冷嘲熱諷他這住家男人，錢賺得不夠多，職位多年未升遷，認爲這個家的財力主要是靠她在撐。她還在柏南面前多次帶著崇敬的口吻，誇獎她公司老闆的能力與財力，讓柏南很不是滋味。素貞要求柏南調早班、調晚班、不出差、不加班，還要有好事業、好薪水，簡直存心找碴。最重要的是，柏南完全沒看到素貞對女兒有做母親的愛心。他說素貞仍然只扮演單一舊角色，仍然只是個職業婦女，這樣下去孩子的成長會出事。

柏南喘口氣後，說他目前在德州替公司做的是短期方案，他打電話不是來抱怨討愛，他要告訴若梅他天天從德州打電話給保母，比素貞打得勤快多了，他甚至隔週會挑一個平日，請假飛來俄州探女兒，他只是沒回家吧。他，絕不會放棄女兒。他也還沒放棄素貞，他只是不想再寵溺素貞，他以爲只能用較激烈的手段，給素貞改變的機會。希望素貞因爲多和女兒相處，或許會激發她對女兒的愛。他打電話來拜託若梅多關心素貞，有空打電話跟素貞聊聊育兒經。

「你是個有愛心的好母親，看你家的胖兒子養得多好啊！我眞的羨慕死了。你教教素貞嘛，她只聽你的！」

要多聊育兒經？若梅不禁回想起過去多少熬不過去的子午夜；那些因婆婆一句話，她對立群搬出愛巢的怨懟，孩子不到半歲，若梅已經望著窗外藍天，有逃出婚姻的念頭；那些徘徊於日記與日常，掙扎於自我與家庭的黯淡沮喪……還有最近因爲家累折損腰椎，成了殘缺人的自己……她要把這些都講給素貞聽嗎？爲什麼全職工作的女人，還是要經歷這些呢？一定要對婚姻、家庭、孩子負全責所以要自責或愧疚嗎？這是誰賦予女人的枷鎖與兩難？是因爲上帝揀選女人繁衍後代，所以要如此苦其心志、勞其筋骨嗎？女人要到什麼時代才能逃出枷鎖，找出更多、更好的抉擇！

若梅在職場上認識一兩位單身女性，雖然她們也三十了，但他們臉上、眼神裡呈現出的那種永遠十八歲的單純、可愛，那種因無知、缺磨練而有的傲驕，眞讓若梅忌妒死了。

若梅在腦海裡把過去的經歷都走了一遍，經歲月淘洗，那些灰暗的日子已成了一層灰濛濛的霧，想要抓回來，卻都散去了，遠走了。

她把眼光拉回目前，看到已經十歲，健康快樂，在校表現優異的孩子；看到了無後顧之憂、事業一帆風順、意氣風發的立群。如果立群是今日的柏南，她仍然會像昨天晚上那樣抬起頭來仰望丈夫嗎？……今日造就的立群若梅算一分推手，今日的若梅又何嘗不是立群造就的？

人生似彎彎流水，充滿奧祕的聲音與生動的故事。若梅本以爲她只能取其一瓢而飲之，其他部分，雖不捨，亦只能任其自手中流出去了。但是現在她領悟到，生命之泉是曲曲折折的，可以柳暗花明又一村，可以耐心傾聽、等待它的變化。逝去的水可以轉個方向再流回來，它是過去的河，也不是過去的河了。這生命之河，有各種抉擇，各種渡法，但無論自己選了什麼，就努力讓它通向美好，通向自認的勝利吧。素貞的故事像一面電視牆，重新播放若梅過去十幾年的影子與聲音。至於素貞未來要選擇什麼，要怎麼走，那該由素貞自己決定，走過這條路的若梅只能扮演傾聽的角色，不帶激情，不帶批判，就靜靜地陪伴、關心。除了默默祝福她，又怎能替她作主，給她答案呢？

若梅沒有答案！

若梅眞心相信凡努力過的地方，都留下痕跡，或多或少都會有某種補償。就如叢林中的曲徑，終會通幽，只要素貞、柏南心中依然有愛，終會走出一條他們的新路，不是若梅、立群的，不是素貞現在的，也不是柏南要的，而是一條誰都沒走過，非白非黑，非對非錯，一條可能更精彩、更有趣、有些冒險的 sideway，側道。側道！若梅的人生不也是走在一條她年輕時從沒想過的側道上嗎？

就在若梅思前想後的當下，窗外原有的豔陽不知躲到哪兒，烏雲滿天風滿樓，這大自然的變化不就是人生的曲折起伏？人們只能站穩腳步，不偏左也不偏右，勇往直前，準備迎戰。就像郝思嘉在《飄》裡的名言：「明天又是全新的一天。」

什麼風，什麼雨，都會過去，大地會被清洗得乾乾淨淨，心靈也會因清明而做出最好的抉擇。

若梅暫時放下雜念，她諦聽內心河水的涓滴流淌，彷彿看見時間從過去流向此刻的自己，依然奔放有力，且美麗如斯，水面反映出窗外的藍天。果然，太陽又出來了。

新人間 320

花豹與白兔：天涯的她方

作　　者—蔡怡
主　　編—李國祥
企　　畫—吳儒芳

總 編 輯—胡金倫
董 事 長—趙政岷
出 版 者—時報文化出版企業股份有限公司
108019臺北市和平西路三段二四〇號三樓
發行專線—（〇二）二三〇六—六八四二
讀者服務專線—〇八〇〇—二三一—七〇五
（〇二）二三〇四—七一〇三
讀者服務傳真—（〇二）二三〇四—六八五八
郵撥—一九三四四七二四時報文化出版公司
信箱—10899臺北華江橋郵局第九九信箱
時報悅讀網—http://www.readingtimes.com.tw
電子郵箱—genre@readingtimes.com.tw
法律顧問—理律法律事務所　陳長文律師、李念祖律師
印　　刷—紘億印刷有限公司
初版一刷—二〇二一年四月九日
初版二刷—二〇二一年四月二十三日
定價—新臺幣三五〇元

時報文化出版公司成立於一九七五年，
並於一九九九年股票上櫃公開發行，於二〇〇八年脫離中時集團非屬旺中，
以「尊重智慧與創意的文化事業」為信念。

花豹與白兔：天涯的她方/蔡怡著. -- 初版. -- 臺北市：
時報文化出版企業股份有限公司, 2021.04
面；　公分. --（新人間；320）
ISBN 978-957-13-8835-9(平裝)

863.57　　　　110004409

ISBN 978-957-13-8835-9
Printed in Taiwan